Alina Bronsky

Und du kommst auch drin vor

© Christine Fenzl

Alina Bronsky wurde 1978 in Jekaterinburg, Russland, geboren und lebt seit ihrer Jugend in Deutschland. Ihr Debütroman »Scherbenpark«, der unter anderem für den Jugendliteraturpreis nominiert war, wurde auf Anhieb zu einem Bestseller und für das Kino verfilmt. Es folgten weitere hoch erfolgreiche Bücher, zuletzt der Roman »Baba Dunjas letzte Liebe«, der lange auf der Spiegel-Bestsellerliste stand und für den Deutschen Buchpreis nominiert war. Alina Bronsky lebt mit ihrer Familie in Berlin.

Alina Bronsky

Und du kommst auch drin vor

Roman

dtv

Ausführliche Informationen über
unsere Autoren und Bücher
www.dtv.de

Zu diesem Band gibt es ein
Unterrichtsmodell unter www.dtv.de/lehrer
zum kostenlosen Download.

MIX
Papier aus verantwortungsvollen Quellen
FSC® C019821

Ungekürzte Ausgabe
2019 dtv Verlagsgesellschaft mbH & Co. KG, München

Umschlaggestaltung: Katharina Netolitzky
nach einer Idee von Felicitas Horstschäfer
Gesetzt aus der Dante MT
Satz: C.H.Beck.Media.Solutions, Nördlingen
Druck und Bindung: Druckerei C.H.Beck, Nördlingen
Gedruckt auf säurefreiem, chlorfrei gebleichtem Papier
Printed in Germany · ISBN 978-3-423-71844-8

1

Als Frau Meier sagte, dass wir heute zur Lesung gehen, haben alle gestöhnt. Ich habe große und kleine *Ts* in mein Hausaufgabenheft gemalt. Ob Lesung oder nicht, das war mir schnuppe. Für Donnerstag stand dort in der Tat reingekritzelt – LÄSUNG. Franz hat den Kopf auf den Tisch gelegt und geschnarcht. Nur Petrowna hat ihre Stimme erhoben.

»Schnauze, ihr Idioten! Wollt ihr lieber Mathe?«

Petrowna schaffte es immer, alle mit einem Satz zu verwirren und dadurch für einen Moment der Stille zu sorgen.

Frau Meier sagte, wir sollten unsere Sachen im Klassenraum lassen. Sie würde auch abschließen, wir bräuchten uns keine Sorgen um die Wertsachen machen. Der eigentliche Grund war, dass sie wollte, dass nach der Lesung die komplette Klasse schön brav mit ihr in die Schule zurückkommt, um die Taschen wieder mitzunehmen. Sonst geht unterwegs immer die Hälfte der Leute verloren. Die Absicht war allen klar und fast alle nahmen ihre Taschen genau deswegen mit. Frau Meier hat so getan, als merke sie das nicht. Sie ist eine kleine Referendarin und hat Angst vor uns.

Ich hoffe, dass sie während unserer Busfahrt unter ihren blonden Strähnchen nicht ergraut ist. Beim Umsteigen hat Petrowna mich um zwei Euro angepumpt und sich am Automaten einen Schokoriegel gezogen. Die Hälfte hat sie dann mir abgegeben. Irgendwann waren wir da und es war eine Bücherei.

»Eine Bücherei!«, haben alle gestöhnt. »Iiih, was sollen wir da? Bücher lesen?«

»Schnauze«, brüllte Petrowna. »Was habt ihr gedacht, wo wir hingehen, in eine Leichenhalle?« Das war nicht wirklich logisch, aber schon wieder waren alle verwirrt und die kleine Frau Meier sah Petrowna dankbar an.

Petrowna ist meine beste Freundin seit der Grundschule. Wir sitzen seit dem ersten Schultag nebeneinander. In der allerersten Pause unseres Lebens haben wir uns geprügelt. Wegen Kindern wie Petrowna wollte meine Mutter mich lieber auf eine Privatschule schicken, aber mein Vater hat gemeint, es ist nie zu früh, das normale Leben kennenzulernen. Am zweiten Schultag kam ich mit einem Veilchen nach Hause, um den Finger eine Strähne von Petrownas Haar gewickelt, die ich ihr im Kampf ausgerissen hatte. Meine Mutter rief sofort die Klassenlehrerin, die Schulleiterin und die Schulpsychologin an und prophezeite, dass Kinder wie Petrowna mit dreizehn auf dem Straßenstrich landen. Am dritten Schultag haben wir aufgehört, uns zu prügeln, und sind seitdem unzertrennlich. Am vierten hat Petrowna mir erklärt, was meine Mutter damals mit »Straßenstrich« gemeint hatte.

Jetzt sind wir beide vierzehn. Petrowna war zwei Jahre lang Klassensprecherin und lässt mich oft abschreiben. Leider hat sie seit der ersten Klasse Hausverbot bei uns.

In der Bücherei roch es nach halbtoten Omas und Staub. Ich habe sofort angefangen zu niesen. Blöderweise hatte ich mein Nasenspray nicht dabei. »Ich hoffe, ich sterbe hier nicht«, sagte ich zu Petrowna, und die sagte: »Wäre kein großer Verlust.« So reden wir miteinander, aber sie meint es nicht so.

Frau Meier schüttelte die Hand einer anderen, ebenfalls kleinen und irgendwie mausgrauen Frau mit einer Frisur, die einen violetten Stich hatte. Das war die Bibliothekarin. An der Wand hing ein Plakat, auf dem irgendwas mit *Buchwoche* stand.

Wir gingen wie eine Schafherde in einen Nebenraum mit Stuhlreihen. Alle verteilten sich auf die Plastikstühle und legten die Füße auf die Stuhlrücken, die vor ihnen standen. Einige warfen mit Sitzkissen und Bilderbüchern. Keiner kriegte mit, dass die Lesung schon losgegangen war und die Bibliothekarin vorn stand und irgendwas redete. Frau Meier guckte Petrowna flehend an.

»Schnauze, alle!«, brüllte Petrowna.

Dann sahen wir, dass da noch jemand war. Die Autorin.

Sie war eine ziemlich lange und schmale Person. Sie saß hinter einem Tischchen, das für ihre langen Beine viel zu mickrig war, und sah unglücklich aus. Ihr speckiges Haar war schwarz gefärbt und hing ihr in die Augen. Vom Gesicht sah man deswegen nicht viel. Neben ihr lag ein Stapel Bücher.

Frau Meier und die Bibliothekarin begannen in die Hände zu klatschen wie bei einem Stuhlkreis im Kindergarten. Wenig später klatschten wir alle. Wir klatschten eine Minute durch, dann zwei, dann fünf. Man konnte mit ganz einfachen Dingen ziemlich viel erreichen. Die Bibliothekarin bekam rote Flecken im Gesicht. Frau Meier fuchtelte mit den Händen wie eine Dirigentin. Wir klatschten ungerührt weiter. Petrowna war abgelenkt, weil sie gerade eine Nachricht auf ihrem Samsung las.

Ich hörte auf, als mir die Handflächen wehtaten. Bei den anderen muss es ähnlich gewesen sein, auch die hörten irgendwann auf und begannen ihre Finger zu massieren.

Die Autorin sagte, sie heiße Leah Eriksson, habe fünf Bücher geschrieben und würde jetzt anfangen zu lesen. Danach dürften wir ihr Fragen stellen. Sie begann dann in der Tat zu lesen. Ihre Stimme war sehr leise und einige von uns riefen »Hören nix!«. Andere tuschelten und zwei Mädchen kämmten sich die Haare. Petrowna sah mit gerunzelter Stirn auf den Baum vorm Fenster.

Nur ich, ich hörte zu.

Und ich konnte es nicht fassen.

Was diese Leah Eriksson da nuschelte, handelte von mir.

Von meiner Familie.

Von meinem Leben.

Von meinen Gedanken.

Es kamen andere Namen drin vor und ein paar unwichtige Details stimmten nicht. Aber der Rest war ich.

Und dabei fiel niemandem irgendwas auf. Es hörte ja niemand zu. Ich glaube, selbst Frau Meier hörte nicht zu. Sie war einfach froh, dass alle gerade still waren, und hing ihren eigenen Gedanken nach. Vielleicht zählte sie die Jahre bis zur Rente. Ich schubste Petrowna an, sie verstand es falsch und schubste zurück.

»Hörst du das?«, fragte ich sie, aber sie guckte weiter auf den Baum, als gäbe es nichts Spannenderes auf der Welt.

Es ärgerte mich, dass die anderen immer lauter wurden. Ich konnte kaum noch etwas verstehen. Ich wünschte mir, dass diese Leah aufhörte zu lesen. Und hatte gleichzeitig Angst davor, als könnte ich aufhören zu atmen, wenn sie aufhören würde zu lesen. Meine Hand tastete in der Tasche nach den Münzen, die ich noch übrig hatte. Blöd, dass ich Petrowna vorhin die zwei Euro gegeben hatte. Dann stießen meine Finger auf einen zusammengerollten Zwanziger. Ich hatte keine Ahnung, was Bücher kosteten.

»Habt ihr Fragen?« Leah Eriksson guckte durch ihre Strähnen auf uns.

Meine Hand schoss in die Höhe, aber andere waren schneller.

»Warum machen Sie das?«

»Wie viel verdienen Sie?«

»Was machen Sie heute Abend?«

Leah Eriksson blinzelte.

Ich schnipste mit den Fingern, dann rief ich laut, um die anderen zu übertönen: »KANN ICH MIR DAS BUCH SOFORT KAUFEN?«

Alle drehten ihre Köpfe in meine Richtung. Selbst Petrowna. Vor allem Petrowna. Obwohl sie auch schon mal in einem unbeobachteten Moment ein Buch gelesen hatte. Sie hatte dann so getan, als wäre nichts gewesen, aber ich, ich hatte es mitgekriegt.

»Was ist?«, sagte ich. »Es klingt voll spannend.«

Franz tat so, als würde er ein unsichtbares Buch halten und mit einem bekloppten Gesichtsausdruck reingucken. Alle wieherten. Am meisten verwirrt war Leah Eriksson.

»Ich verkaufe keine Bücher«, sagte sie.

»Hä? Wer dann?«

»Die Buchhandlungen.«

»Aber Sie haben doch eins daliegen.«

»Das ist mein eigenes Exemplar.« Sie hielt es entschlossen fest, als wollte ich ihr Buch klauen und nicht kaufen. »Das brauche ich selbst.«

»Ich geb Ihnen Geld dafür!«

Sie stand auf, um klarzumachen, dass die Lesung vorbei war und das Gespräch ebenfalls. Das haben alle sofort richtig verstanden. Die eine Hälfte der Klasse fegte die lilahaarige Bibliothekarin aus dem Weg und verstopfte die Eingangstür. Die andere versuchte, das Fenster zu öffnen und hinauszuklettern. Frau Meier lief fuchtelnd und mit verschwitzter Frisur zwischen den beiden Gruppen hin und her.

Ich nutzte den Moment und ging zur Autorin, die ihre Bücher in eine Tasche packte. Sie überragte mich um zwei Köpfe. Ich lugte von unten unter ihren Haarsträhnen hindurch, um einen Blick in ihr Gesicht zu erhaschen.

»Hallo«, sagte ich.

»Hallo.« Sie fuhr vor Schreck zusammen.

»Sie haben schön gelesen«, log ich.

»Danke.« Sie wusste genau, dass ich log.

»Ich würde mir das Buch, wie gesagt, total gern kaufen.«

»Dann tu das.«

»Ich habe zwanzig Euro dabei.«

»Es kostet 14,95.«

Ich holte triumphierend den Zwanziger aus der Tasche, entrollte ihn und legte ihn vor Leah Eriksson auf den Tisch. »Können Sie rausgeben?«

»Ich hab doch gesagt, ich verkaufe keine Bücher. Ich schreibe sie.«

»Soll ich jetzt in eine Buchhandlung oder was?«

Sie schob den fettigen Haarvorhang beiseite. Ein Paar stahlblaue Augen sahen mich an. »Mir doch egal«, sagte sie.

Ich fand es ein bisschen dreist von ihr. Schließlich schrieb sie doch Bücher, um Geld zu verdienen, da konnte ihr das wohl kaum gleichgültig sein.

»Sie sollten froh sein, wenn jemand Ihren Kram lesen will.«

Das Augenpaar verschwand wieder hinter den Haaren. Sie ließ den Verschluss ihrer Tasche zuschnappen und machte sich auf den Weg zur Tür, wo sich der Pfropf schon wieder aufgelöst hatte. Mein Zwanziger lag auf dem Tisch, unbeachtet wie ein platt gefahrener Kronkorken.

»Hallo, Sie! Autorin! Leah!«

Die blöde Ziege drehte sich nicht einmal um.

Im Bus saß ich neben Petrowna und zupfte den Flyer der Buchwoche, den ich beim Hinausgehen vom Stapel gepflückt hatte, in tausend kleine Fetzen. Zwei Drittel der Klasse hatten sich nach der Lesung, genau wie erwartet, in Luft aufgelöst. Frau Meier guckte resigniert auf den kümmerlichen Rest, der sich im Bus verteilt hatte. Anstatt uns dankbar zu sein, dass wenigstens wir mit ihr zurück zur Schule fuhren, machte sie ein miesepetriges Gesicht.

»Hast du zugehört, was die gelesen hat?«, fragte ich Petrowna. »Hast du verstanden, worum es ging?«

»So halb. Scheidung irgendwie.«

»Nicht nur. Es ging um ein Mädchen.«

»Voll die Sensation«, gähnte Petrowna.

»Nein, hör zu. Bei der war alles so wie bei mir. Bei diesem Mädchen im Buch. «

»Ist ja ein Ding.« Wenn sie so weitermachte, verstauchte sie sich noch den Unterkiefer.

»Ehrlich, Petrowna. Die sagte die Dinge, die ich immer sage.«

»Jeder Zweite labert den gleichen Scheiß wie du.«

Ich hatte das Gefühl, sie wollte mich nicht verstehen.

»Was ist das für ein komischer Name, Leah Eriksson«, wechselte ich das Thema.

»Bestimmt ein Pseudonym.«

»Ein was?«

»In Wahrheit heißt sie garantiert Claudia Pupsmaus. Den anderen Namen hat sich der Verlag für sie ausgedacht. Das machen die immer, alles verschönern, damit die Leute die

Frau cool finden und ihre Bücher kaufen, anstatt sich über sie kaputtzulachen.«

An der Frau war gar nichts cool. Mir war trotzdem nicht zum Lachen zumute.

Frau Meier wankte durch den Bus zu unserem Doppelsitz.

»Ich wollte dich fragen, wie es dir gefallen hat, Kim«, sagte sie und schaute mich mit einem wohlwollenden Mit-etwas-Mühe-kriegst-du-eine-Drei-minus-Blick an.

»Wieso ausgerechnet mich?« Ich wurde misstrauisch. Worauf wollte sie hinaus?

»Ich habe dich beobachtet. Du hast sehr aufmerksam zugehört.«

»Hä, was hätte ich auch sonst tun sollen?«

»So einen Gesichtsausdruck wie bei dir habe ich noch nie bei einem Schüler gesehen.«

Ich griff mir automatisch ans Kinn und betastete Nase und Wangen. Alles schien normal.

»Wie hat es denn Ihnen gefallen?«, fragte ich. Angriff war bekanntlich die beste Verteidigung.

»Ich denke, es ist gut für Jugendliche. Ziemlich aus dem Leben gegriffen.«

Mein Herz begann verdächtig zu pochen.

»Aber kein Meisterwerk«, fügte Frau Meier hinzu. »Liest du viel?«

Ich hätte lügen sollen, dann hätte sie mir vielleicht eine bessere Note gegeben. Aber ich sagte, wie es war: »Ich lese gar nicht.«

Nach der Schule schlug Petrowna vor, in den Park zu gehen. Das war ihr neues Hobby: in den Park zu gehen und unter einem Baum zu sitzen. Weil wir Freundinnen sind, komme ich immer mit. Während Petrowna Löcher in die Luft starrt und ab und zu irgendwelche Sachen auf ihre Handfläche kritzelt, mache ich meine Hausaufgaben. Das heißt, ich schreibe ab, was Petrowna schon in der Pause erledigt hat.

An diesem Tag hatten wir aber nichts auf. Weil wir ja auf der Lesung gewesen waren. Frau Meier hatte erst mit einer Hausaufgabe gedroht, die mit der Lesung zu tun hatte. Aber dann kam es sogar ihr unfair vor, das ausgerechnet den wenigen Leuten aufzubrummen, die mit ihr zurück zur Schule gefahren waren. Ich war ganz ihrer Meinung.

»Macht euch trotzdem Gedanken über das Buch«, verabschiedete uns Frau Meier. »Wir werden uns noch ausführlich damit beschäftigen. Es fließt mit in die Deutschnote ein.«

»Scheeeissseeee«, sagte Franz, und die anderen vier, die außer uns noch da waren, stimmten ein. »Was hat die überhaupt erzählt? Hat jemand zugehört?«

»Tja, vielleicht müsst ihr es sogar lesen, das Buch«, sagte Frau Meier spitz und guckte mich an. Ich schaute weg.

»Wie hieß es denn noch mal? Und wie hieß die Tante, die es geschrieben hat?«, nölte Franz.

»Idiotenbuch für Fortgeschrittene«, knurrte Petrowna und hakte sich bei mir ein.

Später saßen wir zu zweit unter einer Kastanie und hatten nasse Hintern, weil das Gras feucht war, was wir zu spät gemerkt hatten. Wir waren aber zu faul, um aufzustehen. Petrowna hatte ein Blatt vom Boden aufgelesen und zeichnete mit dem Nagel die feinen Adern nach. Ich aß mein Pausenbrot auf. Meine Mutter hatte mir ausnahmsweise eins eingepackt, was sie in der letzten Zeit fast immer vergaß. Vollkornschnitten mit Käse und Salat. Ich biss die Mitte heraus und gab die Rinde Petrowna. Die hatte nie Pausenbrote, schon in der ersten Klasse nicht.

»Ich glaube, ich muss dieses Buch lesen«, sagte ich.

»Welches?« Petrowna hatte es schon vergessen. Sie schaute hoch zur Baumkrone. »Weißt du, dass diese Kastanie hier über hundert Jahre sein kann? Es gab sie schon, da waren unsere Eltern noch gar nicht geboren.«

Ihre romantische Stimmung war mir unheimlich. Um sie zurück in die Spur zu bringen, zeigte ich ihr den Flyer. Darauf waren Namen der Autoren abgedruckt, die bei der Buchwoche gelesen hatten, und außerdem die Namen ihrer Bücher und die Fotos ihrer Gesichter.

»Guck mal, wie die darauf aussieht, diese Leah«, sagte ich. »Ganz anders als in echt.«

»Sie hat sich vielleicht fürs Foto die Haare gewaschen.«

»Und weißt du, wie ihr Buch heißt, Petrowna?«

»Nerv mich nicht die ganze Zeit damit.«

»Falsch. Es heißt: *Dinge, die du nie erfährst*. Was meint sie überhaupt damit?«

»Keine Ahnung. Vielleicht passt es zu ihrem Buch.«

Eigentlich hatte ich vor, zu Hause zu gucken, ob ich es mir irgendwo umsonst runterladen konnte. Nachdem diese Leah so doof zu mir gewesen war, hatte ich keine Lust, für ihr Buch auch noch Geld auszugeben. Sie würde bestimmt mindestens die Hälfte davon einstecken, wenn nicht alles, und das war mir nicht recht. Dafür konnte ich mir mehrere Döner kaufen. Aber ich hatte keine Geduld mehr.

»Weißt du, wo der nächste Buchladen ist?«, fragte ich Petrowna.

»Du läufst ständig dran vorbei. Neben Starbucks«, sagte sie.

2

Es war gleichzeitig gut und schlecht, dass Petrowna mit mir in die Buchhandlung gekommen war. Gut, weil mit ihr alles besser lief. Schlecht, weil ich das Gefühl hatte, dass das hier vielleicht zu den Dingen gehörte, die man allein machen musste. Wie aufs Klo gehen. Obwohl wir auch öfters zusammen aufs Klo gingen.

Neben dem Starbucks gab es in der Tat einen Buchladen, der mir noch nie aufgefallen war. Wir gingen rein und dabei klingelte ein Glöckchen. Aber keiner achtete auf uns. Drin waren Regale mit Büchern und Tische mit Büchern und Ständer mit Katzenkalendern. Ich hatte gedacht, dass nur alte Frauen mit großen Brillen in solche Läden gingen. Aber in einer Ecke stand ein verschwitzter junger Typ mit einer Sporttasche und etwas weiter hinten sogar ein Mädchen unseres Alters. Sie las in einem großen glitzernden Buch, das in der Mitte aufgeschlagen war. Ich wunderte mich, wer ihr das erlaubte, ein ungekauftes Buch einfach so zu lesen. Wer wollte es dann noch haben.

Es roch weniger staubig als in der Bücherei. Vielleicht, weil die Bücher hier neu waren, oder die hier hatten die bessere Putzfrau.

»Kann ich euch helfen?« Eine Frau mit Haarknoten hatte sich an uns herangeschlichen. Um ihren Hals baumelte eine Kette aus Holzperlen. Sie hatte Pantoffeln an, also wohnte sie wahrscheinlich hier.

Ich guckte sie nur an. Ich wusste nicht, wie man Bücher kaufte. Bei Timberlands hätte ich zum Beispiel die Farbe und meine Schuhgröße genannt. Sollte ich hier sagen: »Ich hätte gern ein blaues Buch mit zweihundert Seiten«?

»Wir wollten uns erkundigen.« Petrowna schob mich vor. »Nach einem Buch von Leah Dingsbums.«

»Leah Eriksson?« Die Holzperlenfrau lächelte verständig.

Ich nickte. Woher kannte sie denn diese Leah?

»Ist sie etwa bekannt?« Petrowna schien schon wieder meine Gedanken zu lesen.

»Eine wunderbare Berliner Autorin«, sagte die Holzperlenfrau.

»Wir hatten eine Lesung bei ihr«, gestand ich. Meine Stimme klang piepsig.

»Ach, bei der Buchwoche!«, strahlte die Holzperle. »Wie war es denn so?«

»Kacke«, sagte Petrowna. »Hat keiner zugehört. Außer ihr.« Und sie deutete auf mich. Ich trat ihr auf den Fuß, bevor sie der Perle auch noch verriet, *warum* ich zugehört hatte. Ich hatte das Gefühl, das ging nur mich was an.

»Ihr seid in einem schwierigen Lesealter«, sagte die Holzperle.

»So würde ich das nicht nennen«, sagte Petrowna höflich. Die beiden lächelten sich an, als wären sie einst BFF gewesen, dann total zerstritten, und würden gerade erst wieder anfangen, sich zu grüßen.

»Welches Buch von Leah Eriksson interessiert dich denn?«, wandte sich die Holzperle an mich.

Blöderweise hatte ich in diesem Moment den Titel vergessen. Ich wühlte in meinen Taschen nach dem Flyer.

»Es ging um ein Mädchen, dessen Eltern sich trennen«, sagte ich. Dabei wurde ich rot, als würde ich vor fremden Leuten das Muster auf meiner Unterhose beschreiben.

»Dinge, die du nie erfährst!«, sagte die Holzperle mit dem Lächeln eines Zauberers, der ein Kaninchen aus dem Hut zieht. »Ich schaue gleich mal nach, ob wir es dahaben.«

Sie schaute im Computer nach, dann stand sie eine Weile vor einem Regal, dann ging sie in einen hinteren Raum. Vielleicht gab es dort noch mehr Bücher. Ich schwitzte. Petrowna nahm ein Buch vom Stapel, auf dessen Umschlag ein Strauß abgebildet war. Sie schlug es in der Mitte auf. Die Holzperle kam zurück. In ihren Händen war das Buch von heute Morgen.

»Das ist es! Genau das ist es!«

Die Holzperle lächelte. »Da freut sich aber jemand.«

»Haben Sie es gelesen?«, fragte ich mit einem komischen Stechen im Herzen. Ich wollte nicht, dass sie durch ihre dicke Brille meine Geschichte las. Obwohl ich sie gar nicht kannte und eigentlich nicht kennen wollte. Sie sollte mich auch nicht kennen, nicht so jedenfalls.

»Nein, aber eine Kollegin, und die war begeistert.« Sie nahm meinen Zwanziger entgegen und faltete ihn zärtlich auseinander, dann gab sie mir einen Fünfer und fünf Cent zurück. Ich sah meinem Schein wehmütig hinterher. Es war albern viel Geld. Ich hätte im Leben nicht dran gedacht, so viel Kohle für 150 Seiten hinzublättern. »Würdest du das Buch weiterempfehlen?«

»Nein!«, rief ich. »Keinesfalls! Lesen Sie was anderes!«

Die Holzperle gab mir leicht irritiert das Wechselgeld, packte das Buch in eine Papiertüte und schenkte mir ein Lesezeichen.

Wie so oft wollte Petrowna zu Starbucks, wo wir schon mal in der Nähe waren. Starbucks, hatte Petrowna einmal gesagt, sei für sie Inbegriff von Wohlstand und Stabilität. Schon deshalb sei sie ihren Eltern dankbar für die Auswanderung. In ihrem kirgisischen Dorf hätte sie an diesem Nachmittag höchstens bei irgendeiner Tante schwarzen Tee mit Butter bekommen.

»Igitt«, hatte ich gesagt. »Mit Butter?«

»Ist so. Tradition. Weil es bei uns so kalt ist. Und Fett hält warm.«

Heute allerdings wollte ich mit dem Buch allein sein. Ich hatte das Gefühl, dass es in der Papiertüte zappelte. Aber Petrowna hatte mir schon beim Einkauf beigestanden und ich wollte ihr dafür auch was Nettes tun. Sie trank sehr gern Frappuccino, und ich wollte ihr einen ausgeben. Ihr selbst war der zu teuer.

Wir gingen also zu Starbucks und ich kaufte ihr vom Wechselgeld den Frappuccino.

»Beeil dich«, sagte ich. »Ich hab nicht den ganzen Tag Zeit.«

»Hast du noch ein Date?«

»Ja. Nein.«

»Musst du aufpassen, dass deine Mama sich nicht aus dem Fenster stürzt?«

»Du solltest nicht von euch auf andere schließen.«

»Was krallst du dich eigentlich so an diesem komischen Buch fest?«, wechselte Petrowna das Thema. Wenn einer Witze über ihre Familie machen durfte, dann nur sie. Für alle anderen Familien der Welt galt in ihren Augen keinerlei Einschränkung.

»Mit dem Buch stimmt was nicht«, sagte ich. Ich merkte, ich hatte fast ein bisschen Angst davor. »Willst du es vielleicht zuerst lesen und mir erzählen, worum es geht?«

»Ich bin nicht dein Sklave.« Petrowna schlürfte aus ihrem Becher.

Auf dem Weg nach Hause packte ich das Buch in der Bahn aus.

Es hatte keine richtigen Kapitel mit Überschriften, sondern durchnummerierte Abschnitte. Das war schon mal öde. Es fing damit an, dass ein Mädchen in die Küche kam, wo ihre Mutter stand und Kalorien zählte. Das machte meine Mutter auch immer. Wenn sie kochte, wog sie alles in kleinen Schälchen auf der Küchenwaage ab, und wenn es zu viel war, dann löffelte die Mutter im Buch die Haferflocken zurück in die Packung. Dann trug sie die Kalorien in eine App auf dem iPhone ein. Genau wie meine.

Es gab einen kleinen Unterschied: Die Mutter im Buch war blond und meine brünett. Ich regte mich trotzdem so auf, dass ich meine Haltestelle verpasste und eine Viertelstunde in die Gegenrichtung zurücklaufen musste.

Zu Hause stand meine Mutter in der Küche und wog Haferflocken ab. Das Schreckliche war, sie war blond.

»Was ist mit dir passiert?«, fragte ich.

»War beim Friseur«, sagte sie.

»Das sehe ich.«

»Und, was sagst du?«

»Ist okay. Bisschen grau.«

»Grau?« Sie rannte entsetzt zum Spiegel. Kam aber gleich stirnrunzelnd zurück. »Was hast du da? Drogen?«

Ich versteckte das Buch hinter meinem Rücken.

Sie drehte sich zur Arbeitsplatte und löffelte die Haferflocken aus der Schüssel zurück in die Packung.

»Warum tust du das?«, fragte ich. »Ich will nicht, dass meine Mutter dünner ist als ich.«

»Wie war es in der Schule?«, fragte sie, als hätte sie mich nicht gehört.

»Wir waren auf einer Lesung.«

»Schön.«

Es interessierte sie einfach nicht.

Ich guckte im Kühlschrank nach, dort stand ein Teller mit

kalorienreduzierter Hühnerbrühe. Ich krümelte trockenes Brot hinein und stellte ihn in die Mikrowelle. Während ich wartete, schlug ich das Buch erneut auf.

Ich will nicht, dass meine Mutter dünner ist als ich, las ich.

Ich packte das Buch und rannte in mein Zimmer. Den Suppenteller ließ ich in der Mikrowelle stehen.

Ich steckte das Buch unter mein Kopfkissen und streckte mich auf dem Bett aus. Mein Herz klopfte. *Die Ikea-Blümchen, die in jedem zweiten Kinderzimmer blühten*, prangten auch auf meiner Bettwäsche. Woher wusste Leah, wie mein Zimmer aussah? Das erklärte sich noch aus dem Satz. Jedes zweite Kinderzimmer sah so aus.

Jede dritte Ehe, das hatten wir in Ethik gehabt, wird heute geschieden. Auch da war ich keine Ausnahme. Aber ansonsten, da blieb ich dabei, war ich schon einzigartig. Jedenfalls wollte ich das sein. Meine Gedanken waren meine Gedanken. Meine Sätze wurden nicht von jedem zweiten Mädchen gesprochen.

Oder?

Ich musste weiterlesen und ich hatte Angst davor.

Am Morgen fühlte ich mich, als hätte jemand auf mir herumgetrampelt. Obwohl wir erst zur Dritten hatten, lag ich platt gedrückt im Bett, die Augen ließen sich kaum öffnen und meine Laune war mies wie noch nie. Ich hatte das Buch immer wieder unterm Kissen hervorgeholt, einen Absatz gelesen und es wieder wütend zugeschlagen. Dann hatte ich versucht einzuschlafen. Entweder es gelang mir gar nicht, oder nur für kurze Zeit, und dann war ich wieder wach und meine Hand tastete nach dem Buch.

Das Buch erzählte, wie es in meinem Leben weitergehen würde. Ich wollte das nicht wissen.

Es gab noch einen Funken Hoffnung, dass diese Leah sich irrte. Aber mit so vielen Sachen hatte sie recht. Sie beschrieb mich, daran gab es gar keinen Zweifel. Und sie war mir voraus.

Ich kämpfte gegen den Wunsch, das Buch hinten aufzuschlagen und das Ende zu lesen.

Ich schickte stattdessen eine Nachricht an Petrowna. *Die Nacht war scheiße. Das Buch gehört verboten.*

Petrowna antwortete sofort. *Du spinnst.*

Meine drei Wecker, die kurz verstummt waren, begannen von vorn zu trillern.

Petrowna schrieb: *Wann kommst du endlich.*

Ich sprang aus dem Bett und suchte nach meiner Hose, fand sie unterm Bett und zog sie an. Zum Waschen blieb keine Zeit, und um frische Sachen zu suchen, auch nicht. Im Bad quollen die schmutzigen Handtücher aus dem Wäschekorb. Das war im Buch anders: Dort kam die kroatische Putzfrau und wusch und bügelte alles, sogar die Socken.

Die Küche war leer. Auf dem Tisch stand eine Tasse mit kaltem Kräutertee. Ich trank sie aus, nahm mir den letzten verschrumpelten Apfel aus dem Obstkorb und einen neuen Zwanziger aus der Schublade. Wir hatten in der letzten Zeit nicht unbedingt was zu essen im Haus, aber zum Glück lag immer Geld herum, sodass ich mir auf dem Weg zur U-Bahn ein Laugencroissant kaufen konnte.

Ich steckte ein paar Hefte wahllos in die Tasche, das Buch dazu, und rannte los.

Die Idee kam mir in der U-Bahn, wo ich das Buch aufschlug, obwohl ich nur drei Stationen zu fahren hatte. Aber es machte mir weniger Angst, es in der vollen Bahn unter Leuten zu lesen als nachts allein in meinem Bett. Das Mädchen aus dem Buch, dessen Name noch nicht genannt worden war, beschloss gerade, die Schule zu schwänzen und stattdessen ihren Vater zu besuchen. Ich dachte, warum eigentlich nicht. Wenn meine Mutter die Küche schwänzt, dann kann ich auch tun, was ich will.

Ich schlug das Buch zu und stieg aus.

Mein Vater war vor zwei Monaten ausgezogen. Er hatte sich erst einmal »eine beengte Zwischenlösung organisiert«, bis er, wie er sagte, »etwas Richtiges« hatte. Immerhin hatte er mir die Adresse gegeben und gesagt, ich dürfe jederzeit vorbeikommen. Hatte ich noch nie getan. Nicht etwa, weil ich es ihm übel nahm, dass er nicht mehr bei meiner Mutter bleiben wollte. Ich wusste nur nicht, wie man sich verhält, wenn man seinen Vater besucht, der anderswo wohnt.

Andere aus meiner Klasse hatten mehr Erfahrung mit so was. Viele hatten zwei Kinderzimmer und fluchten jeden Montag, dass das Lieblingsshirt beim anderen Elternteil in der Wäsche war. Und das Mathebuch war auch immer im falschen Haushalt, weswegen sie leider keine Hausaufgaben machen konnten. Aber ich war da noch ungeübt. Ich war wahrscheinlich die Vorletzte mit Eltern gewesen, die unter einem Dach wohnten, das war auf die Dauer nicht durchzuhalten. Nur Petrownas Eltern waren noch zusammen, aber sie hielten ihre Ehe mit viel Geschrei am Leben. Kein Wunder, dass ihnen miteinander nicht langweilig wurde. Meine Eltern hatten einfach nicht so viel Temperament.

Die neue Adresse meines Vaters war leicht zu merken gewesen.

Mein Telefon vibrierte.

Wo steckst du. Das war schon wieder Petrowna. Mist, ich hatte vergessen, ihr Bescheid zu sagen. Ist mir noch nie passiert.

Ich komme heute nicht, tippte ich. *Ich bin krank.*

Petrowna*: Eben warst du noch gesund.*

Ich, panisch*: Ist plötzlich über mich gekommen.* Jetzt log ich sie schon an. Dabei bekam ich prompt Bauchschmerzen. Bis dahin hatte ich immer nur meine Eltern angelogen, aber nie Petrowna.

Ich klingelte bei einem Altbau mit einer Fassade, die irgendwie runtergekommen aussah. Bei irgendeinem Namen. Die Wohnung meines Vaters war im Hinterhaus, das hatte wohl eigene Klingeln. Die Eingangstür summte, ich drückte sie auf und ging hinein, an einer Reihe Briefkästen und einem Brunnen vorbei. Drin sah es eigentlich ganz schick aus.

Leider stand mein Nachname neben keiner der Klingeln vom Hinterhaus.

Hätte ich das Buch nicht gelesen, hätte ich nicht gewusst,

was ich jetzt tun sollte. Aber das Mädchen im Buch wusste, dass man die oberste Klingel drücken musste, wenn man zu ihrem Vater wollte, weil das die Wohnungen unterm Dach waren, die wegen der Schrägen unbeliebt und daher leichter zu kriegen waren, vor allem dann, wenn es keinen Fahrstuhl gab. Ich suchte den richtigen Knopf und hörte es über meinem Kopf durch das offene Fenster trillern.

Als ich oben ankam, taten mir die Beine weh von so viel Treppensteigen. Die Tür war angelehnt und dahinter dröhnte der Staubsauger. Ich ging einfach hinein und stieß mit einer dicken Frau in roten Leggings zusammen. Sie machte den Staubsauger aus und lächelte mich an, als würden wir uns schon ewig kennen.

»Papa?«, fragte sie.

»Mein Vater wohnt angeblich hier«, sagte ich etwas steif.

»Papa nicht da. Komm.« Sie führte mich in die Küche, drückte mich auf einen Stuhl und machte mir flott eine Käsestulle.

»Gesicht wie Papa«, sagte sie, zwickte mich in die Wange und drückte mir das Brot in die Hand.

Es war spooky, in einer fremden Küche zu sitzen, während nebenan der Staubsauger lief. Ich stand auf und guckte aus dem Fenster auf einen kleinen Innenhof mit Mülltonnen. Auf der Fensterbank lagen die Lucky Strikes meines Vaters. Immerhin ein kleiner Hinweis darauf, dass ich hier richtig war. Die Putzfrau steckte den Kopf zur Tür hinein. »Papa kommt. Tä?«

»Bitte?«

»Wollen Tä?« Sie zeigte auf eine Teedose im Regal.

»Nein, danke.«

»Papa bald kommen.«

Ich nickte. Ich mochte es nicht, dass sie so von ihm sprach, war ja nicht ihr Papa.

Um die Zeit zu überbrücken, holte ich das Buch raus. Zur Abwechslung nahm ich den Umschlag ab und betrachtete die Innenseite. Darauf war ein Bild von Leah Eriksson abgedruckt, aber ehrlich, zwischen diesem Bild und der Erscheinung in der Bücherei lagen Welten. Es wurde wirklich überall gelogen.

Mein Handy zwitscherte. Petrowna. *Du musst Mathe nachschreiben.*

Ich antwortete *Freu dich doch* und widmete mich weiter dem Umschlag.

Um die Zeit totzuschlagen, las ich, was unter dem schicken Foto sonst noch stand. Hätte ich längst tun sollen. Leah Eriksson war in Frankfurt geboren, hatte Biologie studiert und war danach arbeitslos gewesen. Dass es ihr nicht peinlich war, vor allen Leuten zuzugeben, welche Niete sie war. Danach fing sie an, mit großem Erfolg Jugendbücher zu schreiben. Stand so da. Das glaubte ich jetzt gar nicht, denn ich kannte niemanden, der Bücher las. Wie viele musste sie überhaupt verkaufen, um davon leben zu können? Vielleicht hatte sie einen reichen Mann. Andererseits sah sie nicht so aus, als hätte sie überhaupt einen Mann.

Der Text auf der Rückseite war schnell durchgelesen, also schlug ich wieder das Buch auf. War jedenfalls spannender als die Zeitung, die auf dem Tisch lag. Da befand ich mich bereits beim Anblick der vielen Buchstaben kurz vorm Koma.

Ich hatte nicht mitgekriegt, wie mein Vater reinkam. Ich las gerade dieses Buch und all die haarsträubenden Sachen, die dem Mädchen im Buch widerfuhren. Wenigstens so etwas würde mir nicht passieren, dachte ich. So doof war mein Vater nicht. Oder?

»Tochterkind«, rief mein Vater und seine Stimme klang dabei ganz schön panisch. »Das ist jetzt aber eine Überraschung.«

Das war es allerdings. Ich fuhr vor Schreck zusammen und versteckte das Buch hinter meinem Rücken. Keine Ahnung, wieso. Vielleicht wollte ich nicht beim Lesen ertappt werden.

Das Ding war, mein Vater stand nicht allein da. Neben ihm stand eine Frau. Sie war nicht *schwarz wie die Nacht*, wie ich eben im Buch gelesen hatte. Sie war eher braun wie Vollmilchschokolade. Das machte es mir ein bisschen schwer, ihr Alter zu schätzen. Älter als zwanzig musste sie schon sein, aber mehr konnte ich nicht sagen. Wäre auch zu auffällig gewesen, es im Buch nachzuschlagen. Sie trug Klamotten, die selbst gestrickt aussahen, ließ ihre riesigen Ohrringe klimpern und lächelte breit. Wäre mich auch alles nichts angegangen, womit sie klimperte und wie sie sich anzog, wenn mein Vater seinen Arm nicht um ihre Taille geschlungen hätte.

»Oh«, entfuhr es mir. Mehr konnte ich im Moment nicht sagen.

»Das ist Älischa.« Mein Vater drückte die Frau fester an sich, obwohl sie keine Anstalten machte wegzulaufen.

»Und das ist Kim Josephine. Meine große Tochter.«

Mein Herz setzte für einen Moment aus. *Große Tochter*. Wie viele Kinder hatte er denn außer mir? Ich starrte auf Älischas Bauch. Aber er war unter ihrem Ringelpulli verborgen. Ich versuchte zurückzulächeln. Sie streckte mir ihre Hand entgegen und ich drückte sie.

Mein Vater sah zwischen uns hin und her. Sein Lächeln machte mir Sorgen. So verkrampft grinsten nur Leute, die im nächsten Augenblick mit einem Herzanfall zusammensackten.

Dann tat er, was er immer tat, wenn er nicht weiterwusste. Er lud uns alle zum Essen ein.

Um die Ecke gab es einen Inder mit einer Business-Lunch-Tageskarte. Mein Vater sagte, zwischen 12 und 15 Uhr sei hier alles so günstig. Dass er das so betonte, gefiel mir auch nicht. Normalerweise achtete er nicht darauf, was wie viel kostete. Wir setzten uns an einen Vierertisch, er mit Alicia mir gegenüber. Ich bestellte knusprige Ente mit Reis und vorher noch eine Suppe, weil ich so Hunger hatte. Dazwischen bediente ich mich von dem Teller meines Vaters, der Hühnchen in Kokos-Erdnuss-Curry aß. Alicia hatte sich etwas Vegetarisches ausgesucht.

Sie hörte nicht auf, mich mit ihren schneeweißen Zähnen anzugrinsen. Mein Vater hörte nicht auf, unterm Tisch ihr Knie zu tätscheln. Ich tat so, als kriegte ich es nicht mit.

»Wie lange kennt ihr zwei euch schon?«, fragte ich.

»Wie geht's Mama?«, fragte mein Vater zeitgleich.

Falsches Timing, das hätte ich ihm gleich sagen können. Guckte er keine Serien? Alicias Lächeln wurde ein bisschen steif.

»Nicht gut«, sagte ich. »Sie steht morgens nicht mehr auf, sie isst nichts, also gibt es für mich meist auch nix zu essen, und ich habe keine frischen Socken mehr.«

»Ich habe in deinem Alter meine Socken selbst gewaschen«, sagte Alicia.

Mein Vater und ich schauten sie an. Sie biss in ein Salatblatt.

»Ich kann Marija zu euch schicken«, sagte mein Vater. »Du hast sie schon kennengelernt. Unsere kroatische Putzfrau.«

Und als er das so sagte, wurde mir zum ersten Mal richtig klar, dass er jetzt wirklich nicht mehr bei uns zu Hause wohnte und dass die Dinge nie wieder so sein würden wie früher.

3

Ich war seit einer Stunde zu Hause, als Petrowna bei mir klingelte. Sie brachte mir eine Packung Aspirin und eine Zitrone mit.

»Siehst ja ganz gesund aus«, sagte sie, als ich die Tür aufmachte und ihr die Sachen abnahm.

»Ich bin doch auch gesund, Dummkopf.«

»Ich habe keine Arbeitsblätter für dich mitgenommen.«

»Gutes Mädchen.«

Ich packte sie am Ärmel und zog sie ins Haus. Wir küssten uns zur Begrüßung dreimal auf die Wangen. Petrowna meinte, wenn ich nicht ansteckend und meine Mutter nicht da sei, könnte sie es guten Gewissens riskieren, mit reinzukommen. Petrowna hatte es ein bisschen mit Krankheiten. Immer hatte sie Angst, sich irgendwo anzustecken. Das hatte man davon, wenn man schon in der Grundschule Bücher las, die eigentlich für Medizinstudenten bestimmt waren.

»Was ist denn los? Du machst doch sonst nie blau?«, fragte sie, nachdem sie ihre Stiefel ausgezogen und sich auf meinem Bett ausgebreitet hatte.

»Alle spinnen«, sagte ich.

»Und was gibt's Neues?«

»Ich war bei meinem Vater. Er hat eine Schwarze.«

»Wie meinst du das?«

»Eine Frau mit dunkler Haut. Heißt Alicia.«

»Und?«, fragte Petrowna. »Noch nie eine Schwarze gesehen?«

»Nicht so direkt bei mir zu Hause.«

»Es war auch nicht dein Zuhause. Und was ist mit Amelie?«

Da musste ich mich kurz im Nacken kratzen. Amelie saß in der Schule hinter mir und gab mir immer wieder was von den rohen Möhren ab, die ihre kenianische Mutter ihr jeden Morgen für die Schule schnippelte. Manchmal besuchte sie mich, wenn Petrowna gerade keine Zeit hatte, mit mir rumzuhängen.

»Amelie zählt nicht«, sagte ich. »Die kenne ich ewig. Diese Frau hat was mit meinem Vater.«

»Dann sag es auch so und fang nicht mit ihrer Hautfarbe an.«

»Du bist eine Korinthenkackerin.«

»Und du eine Rassistin.«

»Lass stecken, Petrowna. Stell dir vor, ich krieg ein afrikanisches Geschwisterchen.«

»Niedlich«, sagte Petrowna.

Wir hatten uns in der Küche heiße Zitrone gemacht aus der Zitrone, die sie mitgebracht hatte, für jede von uns eine Tasse. Und in jeder Tasse hatten wir eine Aspirintablette aufgelöst, Petrowna meinte, das sei gut für die Gefäße und gegen Erkältungen, selbst wenn man keine hatte. Die Tassen waren so heiß gewesen, dass wir sie zum Abkühlen auf die Fensterbank gestellt hatten, wo sie vor sich hin dampften.

Petrowna nahm ihre Tasse und trank einen Schluck. Dann schaute sie mich über den Tassenrand an.

»Wieso Geschwisterchen? Ist sie schon schwanger?«

»Das Buch sagt, ja«, murmelte ich. »Und ich wusste nicht einmal, dass mein Vater eine Neue hat. Er hat es uns nicht gesagt, verstehst du? Ich dachte, er konnte es bloß mit Mama nicht mehr aushalten und ist deswegen ausgezogen. Dieses Buch hat mir mehr über meinen Vater verraten, als er mir selbst erzählt hat.«

Petrowna hatte das Buch anscheinend nicht mehr auf dem Schirm. Ich holte es raus und winkte damit vor ihrer Nase. Sie seufzte.

»Du immer mit deinem Buch.«

»Das ist ein total krankes Buch!«, sagte ich.

»Dann verbrenn es doch.«

Davor hatte ich aber auch Angst.

Weil sie es immer noch nicht verstand, setzte ich mich neben sie und versuchte, ihr alles von vorn zu erklären. Ganz langsam. Dass Leah während der Lesung Dinge vorgelesen hatte, die mich hellhörig gemacht hatten. Details aus meinem Leben. Dinge, die ich sagte oder sogar dachte. Und dass sie in ihrem Buch ein Mädchen beschrieb, das genau wie ich war. Die Eltern trennten sich. Der Vater hatte was mit einer

Amerikanerin, die im Buch Tricia hieß und ein Baby bekam. Die Mutter hungerte sich zu Tode.

Petrownas Augen blitzten neugierig auf. »Komme ich auch vor?«

»Bis jetzt noch nicht. Ich habe nur den Anfang gelesen.«

»Warum?«

»Weil ich Schiss habe! Was ich lese, tritt ein. Ich denke, wenn ich es einfach nicht lese, tritt es vielleicht nicht ein.«

»Ich verstehe nur Bahnhof«, sagte Petrowna.

Dazu muss man wissen, dass Petrowna schon immer nicht nur sehr viel, sondern auch sehr schnell verstand. Meine Mutter hielt sie wegen der Prügelei in der ersten Klasse für asozial, aber schon damals war Petrowna etwa zehnmal klüger gewesen als ich.

Das wollte meine Mutter bis heute nicht verstehen. Leider ließ sie sich eher davon beeindrucken, dass Petrowna in der Grundschule behauptet hatte, ihr Vater sei offiziell Koch und würde unter der Hand Drogen verkaufen. Das hatte sie mir erzählt, und ich hatte den Fehler gemacht, meine Eltern zu fragen, ob man die Drogen auch in einer Drogerie kaufen konnte.

Petrownas Vater hatte eine Brille mit ganz dicken Gläsern und sah aus, als wäre ihm zuzutrauen, notfalls aus einem Eierkocher eine Atombombe zu basteln. Jedenfalls war das mit den Drogen der Moment, ab dem nicht nur Petrowna bei mir Hausverbot hatte, sondern auch ich nicht mehr in die Nähe ihres Zuhauses kommen durfte.

Eine Brille wie ihr Vater hatte Petrowna zwar nicht, aber sie kapierte schnell. In der Schule sammelte sie eine Eins nach der anderen, egal, ob sie lernte oder nicht. Aber ein Buch über sich selbst hatte sie eben noch nie gelesen, deswegen hatte sie wohl gerade so eine lange Leitung. Wenn man diese Erfahrung nicht selbst gemacht hatte, war so was kaum zu vermitteln.

»Hast du überhaupt schon einmal ein Buch angefasst? Ich meine, vor diesem da?«, fragte Petrowna und lachte irgendwie hämisch.

Ihre Frage machte mich ganz kribbelig. Sie erinnerte mich an Gespräche, die wir sonst führten, wenn es dunkel war und wir uns nicht so gut sehen konnten. Welchen Jungen würdest du am liebsten küssen? Und welches Mädchen? Bei welchem Film hast du zuletzt geheult? Hast du wirklich noch nie ein Buch …?

Ich versuchte mich zu erinnern. »Mein Vater hat mir früher Märchen vorgelesen. Aber das zählt wahrscheinlich nicht. In der Schule haben wir doch mal eins gelesen, irgendwas mit Hitler.«

»Und so für dich? Zu Hause?«

»Weißt du doch selbst. Ich hatte nie Zeit dafür«, sagte ich.

»Weil du stattdessen was getan hast?«

»Was soll das sein, ein Interview? Musik gehört. Reiten gegangen. Geturnt. Mit dir rumgehangen. Du warst doch immer dabei.«

»Ich bin trotzdem erschüttert«, sagte Petrowna. »Gib mir dein krankes Buch, ich lese es für dich.«

Im ersten Moment fand ich es sehr nett von Petrowna, dass sie mir so was anbot. Ein echtes Opfer. Dann dachte ich, irgendwas daran wäre falsch. Dann würde sie es lesen und früher als ich Dinge erfahren, die nur mich etwas angingen. Das wollte ich auch nicht. Wenn es eine von uns lesen sollte, dann ich. Ich durfte es nicht aus der Hand geben.

»Vielleicht steht drin, dass ich sterbe«, sagte ich.

Petrowna wollte gleich die letzte Seite aufschlagen, da riss ich es ihr aus den Händen.

Ich steckte das Buch wieder unter mein Kissen und setzte mich drauf. Petrowna schaute mitleidig zu.

»Jetzt bist du bald nicht mehr so ein armes, verzogenes Einzelkind«, sagte sie. »Du wolltest doch schon immer Geschwister haben.«

»Nur, bis ich deine kennengelernt habe«, sagte ich.

Das war übrigens gelogen. Ich habe zwar nie genau verstanden, wie viele Geschwister Petrowna hat, weil ich bei all ihren Brüdern und Cousins durcheinanderkomme. Aber Petrowna hat nicht nur einige ätzende kleine Kröten im Haus, die Blätter aus ihrem Erdkundebuch rausreißen, wenn sie einen Flieger bauen wollen. Als wir noch klein waren, wurde sie ab und zu von einem Jungen von der Schule abgeholt, den sie Timur nannte. Immer, wenn Timur auftauchte, hielt ich Abstand zu Petrowna, weil ich Angst hatte, dass mir etwas Blödes passiert und er mich für immer in Erinnerung behält als ein knallrotes, peinliches Mädchen.

In der ersten Klasse kam mir Timur riesig vor. Inzwischen

kommt mir Petrowna riesig vor und sie wird längst nicht mehr von der Schule abgeholt. So lange habe ich auch ihren Timur nicht mehr gesehen. Als ich sie einmal nach ihm gefragt habe, sagte Petrowna, er mache gerade eine Ausbildung zum Bombenleger. Ich hoffte insgeheim, dass er sich seine endlos langen Wimpern nicht versengt, wenn mal etwas schiefläuft.

Am nächsten Tag hatten wir wieder die ersten zwei Stunden frei. Zum Glück habe ich es noch in letzter Sekunde im Klassenchat gelesen. Ich konnte also länger schlafen, was dringend nötig war, denn in der Nacht hatte ich schon wieder gegen das Buch gekämpft. Ich las weitere fünf Seiten und konnte dann ewig nicht einschlafen. Und kaum schlief ich, weckte mich das Gedröhn des Staubsaugers.

Ich sprang aus dem Bett und rannte die Treppe runter in die Küche. Ich war bereit, jeden anzuschreien, der mir jetzt begegnen würde. Im Flur vor der verschlossenen Küchentür sah ich wieder die dicken Beine, diesmal in schwarzen Leggings. In der Röhre des Staubsaugers knisterte es, wahrscheinlich hatte er gerade meine Lieblingsohrstecker eingesaugt.

»Guten Morgen, Papas Mädchen!«

»Was machen Sie da?«

»Papa mich schicken.« Marija strahlte mich an und fuhr mit dem Staubsauger um mich herum.

Ich rettete mich in die Küche und schloss die Tür hinter mir. Und stellte fest, dass ich nicht allein war. Am Küchentisch saß meine Mutter in T-Shirt und rotem String-Tanga und trank Kaffee. In ihrer Hand zitterte das Döschen mit dem Zuckerersatz.

»Mama, du bist ja schon wach!« Ich schaute verlegen auf ihre dünnen, bläulichen Beine, die sich umeinanderwickelten. »Was soll der Krach?«

»Ein Geschenk deines Vaters.« Meine Mutter trank einen Schluck Kaffee und sah zu mir auf. »Weil du ihm gesagt hast, dass ich nicht mehr in der Lage bin, mich um dich und den Haushalt zu kümmern.«

»Das habe ich so nie behauptet!«

»Schon okay. Ist doch wahr.« Sie schaute mit trübem Blick in ihre Tasse. Ich nahm mir ein Glas Wasser, guckte hoffnungslos in den Kühlschrank und setzte mich mit knurrendem Magen ihr gegenüber.

»Sie kommt jetzt viermal die Woche«, sagte meine Mutter in einem Tonfall, als wäre jemand gestorben.

»Ist nicht dein Ernst.«

»Doch. Sie putzt, kocht und bügelt.«

Und ich dachte, dass irgendwas daran absolut nicht verkehrt war. Ich wollte wieder saubere Sachen haben und ich wollte regelmäßig was anderes essen als Schokoriegel, Amelies rohe Möhren und Petrownas Aspirintabletten.

»Mama«, sagte ich. »Wann hast du das letzte Mal ein Buch gelesen?«

Sie seufzte. »Ist schon eine Weile her. Kann mich kaum erinnern. Da war ich noch jünger als du.«

»Und was war das für eins?«

»Hanni und Nanni. Und später noch irgendeins. Über die Liebe.«

»Und hattest du jemals das Gefühl, dass es in diesem Buch um dich geht?«

Sie zuckte mit den Schultern. »Es war eher umgekehrt. Ich habe mir gewünscht, dass ich diejenige wäre, die all die tollen Sachen erlebte.«

»Und wenn es andersherum wäre, du liest ein Buch und darin wird dein Leben beschrieben?«

»Hab ich noch nie gehört«, sagte meine Mutter. »Dazu musst du schon berühmt sein oder so.«

War ich berühmt? Nicht, dass ich wüsste. Es war klar, sie verstand überhaupt nicht, was ich meinte. Und ich sollte auch lieber gar nicht versuchen, es ihr zu erklären. Wenn schon Petrowna Schwierigkeiten hatte, es zu kapieren, dann hatte meine Mutter gar keine Chance.

»Du solltest was essen, Mama«, sagte ich.

»Mach ich«, antwortete sie mechanisch. Das antwortete sie immer.

Vielleicht täte es ihr gut, sich anzuziehen und aus dem Haus zu gehen, dachte ich. Spazieren oder Kleider einkaufen oder zum Sport. Was sie eben so gemacht hatte, als Papa noch bei uns wohnte. Winterschuhe und Babystrampler für die Flüchtlinge sammeln. Danach einen Kaffee irgendwo draußen trinken, solange es noch nicht ganz kalt war. Ich begann mir auszumalen, welches Kleid meine Mutter sich kaufen sollte, als sie sich zu mir drehte.

»Hast du sie gesehen?«

»Wen?«

»Die Neue.«

Erst wollte ich mich dumm stellen. Aber es wäre grausam gewesen, meine Mutter zu zwingen, mir Dinge zu erklären, die ich längst von allein begriffen hatte. Beziehungsweise mithilfe des Buchs. Sie meinte natürlich Alicia.

Ich sah weg und nickte.

»Und? Wie sieht sie aus?«

»Braun.«

»Wie bitte?«

»Braun.«

Meine Mutter blinzelte. »Meinst du die Hautfarbe?«

»Was sonst.«

»Bestimmt jung und hübsch«, sagte meine Mutter.

»Du bist hübscher«, log ich. »Und vor allem dünner.«

Meine Mutter strahlte.

In Deutsch wollte Frau Meier über die Lesung reden. »Eure Eindrücke bitte.« Viele Hände schossen in die Höhe. Ich guckte in meine Tasche, die offen stand, besorgt, dass jemand von außen sehen konnte, welches Buch sich darin verbarg.

»Silas, geh an die Tafel und halt die Meinungen fest«, kommandierte Frau Meier.

Silas sprang über den Tisch nach vorn, suchte lange nach dem Stift und brachte sich am Whiteboard in Position.

»Öde.«

»Komische Frau.«

»Nix verstanden.«

»Nicht so schnell«, sagte Silas.

»Mädchenkram.«

»Stimmt doch gar nicht. Ich bin ein Mädchen und bin trotzdem eingeschlafen.«

»Die hat so genuschelt.«

»Die war so hässlich, ich konnte gar nicht zuhören.«

Petrowna holte ihr Telefon raus und machte schnell ein Foto von den Stichworten an der Tafel.

Dann hob sie den Arm.

»Ja?«

»Ich habe auch eine Frage«, sagte Petrowna gedehnt. »Gibt es einen bestimmten Grund, warum wir ausgerechnet zu dieser Lesung gegangen sind?«

»Die anderen waren schon ausgebucht«, sagte Frau Meier. »Ich habe erst spät von der Buchwoche erfahren.«

Sie drehte sich zur Tafel und schaute eine Weile drauf. »Ein ganz schön vernichtendes Urteil, was? Ist dir nicht gut, Kim Josephine?«

Ich war überrumpelt. Mir war zwar schwindlig und übel, aber ich hatte gehofft, dass man es mir nicht ansah.

»Alles okay«, krächzte ich.

»Ach, ich finde das irgendwie schade«, sagte Frau Meier, die mit der Brille wieder Richtung Tafel stand. »Ich würde die Aussagen ungern so stehen lassen. Wir müssen dem Buch eine Chance geben und es ganz lesen.«

Mir wurde vor Schreck noch übler.

»NEEEIIIN«, brüllten alle. Ich brüllte mit.

»RUHE!«, brüllte Frau Meier noch lauter. »Ihr müsst es nicht alle lesen. Einer tut es. Und hält dann ein Referat darüber. Macht ein Drittel der mündlichen Note aus. Eine leicht verdiente Zwei. Na? Das können einige hier dringend gebrauchen.«

Die Klasse verstummte. Ich war kurz davor, in Ohnmacht zu fallen. Und dann streckte ich meinen Finger in die Höhe.

»Ich!«

»Kim Josephine?« Frau Meier schaute mich wohlwollend an. »Mir ist gleich aufgefallen, dass es dich angesprochen hat. Ich habe sogar vermutet, dass du das Buch gern lesen würdest. Nun, das ist natürlich eine gute Sache. Will vielleicht noch jemand mitmachen?« Sie guckte Petrowna an, als seien wir siamesische Zwillinge. Als könnte ich nicht einmal ein Referat alleine machen. Petrowna guckte mich fragend an. Ich schüttelte den Kopf. Ich war so konzentriert auf Petrowna, dass ich nichts anderes mitkriegte.

Und deswegen hatte ich auch keine Chance, mich dagegen zu wehren. Als Frau Meier »Sehr gut, Jasper« sagte, war es schon zu spät.

Am liebsten hätte ich mit dem blöden Buch auf Jaspers Kopf eingedroschen. »Was fällt dir ein? Wieso mischst du dich überhaupt ein?«, zischte ich ihn an, als er in der Pause grinsend zu mir kam.

»Ich will auch eine leicht verdiente Zwei.«

»Dann hol sie dir woanders.«

»Es ist nicht dein persönliches Buch«, protestierte Jasper.

»Doch«, mischte sich Petrowna ein, die neben uns stand und auf uns herabschaute. »Irgendwie schon.«

Um es kurz zu machen: Es ließ sich nicht verhindern, dass dieser Idiot bei meinem Referat mitmachte. Was sämtliche Pläne, den Inhalt des Buches gegenüber meiner Klasse zu verschleiern, zunichtemachte. Ich hatte zwar Jasper vorgeschlagen, dass er mich einfach lesen ließ und sich dann auf das verließ, was ich über das Buch erzählte. Aber, seltsam genug, er wollte nicht. Dabei hätte ich ihm jede Menge Arbeit erspart.

Außerdem hatte ich das Buch ja schon, aber das wollte ich ihm nicht verraten. Frau Meier sagte, dass die Schule ein Exemplar für die Schulbücherei anschaffen würde, welches wir uns dann gemeinsam ausleihen könnten.

»Und gemeinsam lesen? Eine Seite ich, eine Seite er, oder wie?«

»Das könnt ihr dann ja eigenverantwortlich regeln«, sagte Frau Meier. »Ich verstehe deine Skepsis gegenüber deinem Mitschüler überhaupt nicht, Kim. Ihr seid doch keine Kleinkinder mehr. Ihr seid in der Lage, euch abzusprechen und zusammenzuarbeiten.«

Was noch trauriger war: Petrowna weigerte sich neuerdings auch, mich zu verstehen. Sie sagte, seit dieser Lesung wäre ich nicht mehr die Alte. Und sie könne nicht für mich da sein, wenn ich ihr das Buch verweigere. Vielleicht würde sie mich erst wieder verstehen, wenn sie es lesen würde.

»Du hast gut reden, du kommst darin ja nicht vor«, begann

ich und hielt plötzlich inne. Woher wusste ich so genau, dass sie nicht vorkam? Hatte das Mädchen aus dem Buch denn gar keine Freunde? Vielleicht hatte ich einfach nicht weit genug gelesen. Jetzt führte sowieso kein Weg mehr dran vorbei, wo ich mich fürs Referat gemeldet hatte.

Fehlte noch, dass Jasper das Buch schneller durchhatte als ich.

Ich sagte ihm, er solle sich melden, wenn er so weit wäre, und lud Petrowna zu Starbucks ein, damit sie bessere Laune bekam.

Wir blieben vor dem Schaufenster der Buchhandlung stehen. Eigentlich blieb ich stehen, weil mein Buch in diesem Schaufenster lag. Es sprang sofort ins Auge. Am liebsten wäre ich reingegangen und hätte es noch einmal gekauft, damit niemand sonst es nehmen und meine Geheimnisse lesen konnte. Aber dann dämmerte mir, dass es das Problem nicht lösen würde. Es wäre ja nicht das letzte Exemplar auf der Welt. Und um alle aufzukaufen, hatte ich nicht das Geld. Vermutlich nicht einmal mein Vater, zumindest würde er es mir nicht geben, weil er ja neuerdings anfing zu sparen.

Da kam mir ein ganz neuer Gedanke. »Vielleicht kennt sie mich ja«, dachte ich laut. »Vielleicht kennt sie jemanden aus meiner Familie.«

»Wer?«, fragte Petrowna.

»Diese Leah.«

»Du kannst sie ja fragen«, sagte Petrowna.

»Wie soll das gehen?«

»Frag beim Verlag nach ihrer Adresse.«

Bei Petrowna klangen die Dinge immer so einfach, sie kannte sich mit dem Leben einfach besser aus als ich. Aber eigentlich hätte ich auch selber drauf kommen können.

»Und wie komme ich an den Verlag ran?«

»Mensch, Schätzchen«, sagte Petrowna. »Hat dir dein Papa kein Internet gekauft?«

Da fühlte ich mich auf einmal wirklich ein bisschen blöd. Obwohl ich nicht grundsätzlich blöd war, zumindest nicht bei Sachen, mit denen ich mich auskannte.

»Ich werde mich informieren«, sagte ich. »Ich werde den Verlag ausfindig machen und diese Leah alles fragen.«

»Tu das, Süße«, sagte Petrowna. »Aber weißt du was?«

»Was?«

»Bevor du irgendwas unternimmst, lies das Buch komplett.«

4

Meine Mutter bekam große Augen, als ich ihr sagte, dass ich gleich Besuch bekomme. Von einem Jasper.

»Oh, etwa ein Junge?«

»Nein, Mama, ein Goldfisch.« Ich wünschte, sie würde anders gucken, aber wenigstens hatte sie endlich wieder einen Ausdruck im Gesicht. So stand es auch in Leahs Buch: *Endlich hatte meine Mutter wieder einen Ausdruck im Gesicht.* Im Buch hieß der Junge Jonathan. Sobald er auftauchte, wurde die Geschichte so öde, dass ich Atemnot bekam.

»Es ist nicht das, was du denkst, Mama«, sagte ich.

»Natürlich nicht.« Sie zwinkerte mir zu.

Zum Glück war bei uns jetzt aufgeräumt. Die Putzfrau Marija hatte die Küche poliert, die Wäsche gewaschen und auf dem Herd stand ein Topf mit Gulasch. Ein Geschenk meines Vaters, das meine Mutter demütigte, mich aber satt machte. In meinem Zimmer hatte Marija die schmutzigen Unterhosen unterm Bett hervorgeholt und den Teppich gesaugt. Es war nicht mehr peinlich, Jasper einzuladen. Und er tat so, als könne er es nicht abwarten, dass wir uns endlich treffen.

Wenn ich mich bloß dazu überwinden konnte, in diesem Buch weiterzulesen. Schaffte ich aber nicht. Nach vier weiteren Seiten war ich schweißgebadet und wusste, es kommt wieder eine Nacht, in der ich wach liege und in meinem Kopf wälze, was diesem Mädchen im Buch alles widerfahren ist.

Meine Mutter blieb natürlich nicht außer Sichtweite, als Jasper klingelte.

»Es ist fürs Referat, Mama!«, wiederholte ich, aber sie lächelte nur. Wenigstens lächelte sie wieder. Jasper stand bei uns im Flur und sie schüttelte seine Hand. Er trug ein gebügeltes Hemd, und überhaupt sah er ganz anders aus als in der Schule. Nur sein Grinsen war das gleiche geblieben.

»Wollt ihr in die Küche oder ins Wohnzimmer?«

Natürlich war mir mein Zimmer lieber. Aber dann würde meine Mutter noch vielsagender schauen.

»Küche«, sagte ich. »Aber wir brauchen unsere Ruhe, ja?«

Sie ließ uns erst in Frieden, nachdem sie Jasper und mir Saft eingeschenkt und von Marija gekaufte Äpfel in Stücke geschnitten und für uns dekorativ auf einem Teller angerichtet hatte.

»Danke, Mama.«

Sie holte eine Packung alte Schokokekse aus dem Schrank und füllte sie in eine Schale um.

»DANKE, MAMA!«

»Ja, ich hab es verstanden!« Endlich ging sie aus der Küche.

Ich hatte mir ernsthaft vorgenommen, nett zu Jasper zu sein. Wir saßen im selben Boot, da mussten wir schließlich irgendwie zusammenarbeiten. Vielleicht waren meine Sorgen auch völlig unnötig und er würde beim Lesen gar nicht merken, dass es um mich ging. Schließlich kannte er mich kaum. Von meinen Gedanken hatte er ebenso wenig Ahnung wie von dem zweiten Frühling meines Vaters und anderen Dingen, die mich gerade überrumpelten. Ich versuchte, mich zumindest in dieser Hinsicht zu entspannen und mich mit Jasper auf so etwas wie eine Aufgabenteilung zu einigen.

Mir war bloß unklar, warum er mich die ganze Zeit so anstarrte. Immer, wenn ich nicht hinsah, als ich so etwas wie eine Gliederung aufzuschreiben versuchte und minutenlang darüber nachdachte, was außer der Überschrift »Referat« und dem Datum noch aufs Blatt gehörte. Oder als ich nach einem zweiten Glas für ihn suchte, weil er auch noch Wasser trinken wollte. Schließlich hielt ich es nicht mehr aus.

»Was ist los, habe ich rote Punkte im Gesicht oder wachsen mir Blumen aus den Ohren?«

Jasper wurde schlagartig rot. »Nee. Es ist einfach … Du bist halt schön.«

»Was?« Fast verschüttete ich das Wasser über seinem Collegeblock. »Spinnst du?«

»Nein. Wirklich. Tut mir leid.«

Als Erstes wollte ich ins Bad rennen und mir schnell mein Gesicht ansehen. Vielleicht war seit dem Zähneputzen heute Morgen irgendwas damit passiert. Aber ich zwang mich, an Ort und Stelle zu bleiben. Jasper zog seinen Block zu sich und begann hektisch zu kritzeln, als hätte er gerade tausend geniale Einfälle.

»Das hast du jetzt nicht gesagt, oder?«, fragte ich nach einer Pause.

»Nein«, antwortete er sofort. »Ich habe gar nichts gesagt.«

»Ich habe mir alles nur eingebildet, oder?«

»Ja, genau«, sagte er, die Augen auf die Karos geheftet.

Aber natürlich hatte ich mir das überhaupt nicht eingebildet. Ich zweifelte in der letzten Zeit wirklich zu oft an meinem Verstand. Okay, ich war nicht gut in der Schule, ich las keine Bücher, ich hatte als kleines Mädchen dämliche Ponysticker gesammelt und meinen Rotz an die Wand geschmiert, aber eins war ich nicht: bescheuert. Immerhin hatte ich Petrowna als beste Freundin, die nichts mehr hasste als Langsamdenker. In der zweiten Klasse hatte sie mal ihren Tisch umgekippt, weil sie es nicht ertrug, dass die Klasse so viele Stunden lang das Einmaleins üben musste. Mir hatte sie nur einmal einen Stuhl unter dem Hintern weggerissen – als ich zu lange brauchte, um die Skizze einer Zelle aus ihrem Heft in meins abzuzeichnen. So schlimm konnte es also um meinen Verstand nicht stehen, und ganz sicher konnte ich immer noch unterscheiden, was real war und was nicht.

»Dieses Treffen hier macht überhaupt keinen Sinn«, sagte ich. »Du hast das Buch noch gar nicht gelesen. Und ich vielleicht so ein Fünftel. Wir vergeuden nur unsere Zeit. Wir können kein Referat vorbereiten, wenn wir nicht wissen, wie es ausgeht.«

»Dann lass uns das Buch zusammen lesen«, sagte Jasper mit einem breiten Grinsen.

»Ich kann nicht lesen, wenn noch jemand dabei ist«, sagte ich. »Geh nach Hause.«

Er schaute so elend zu mir auf, dass ich Mitleid bekam. Wenn er mal nicht grinste, hatte er etwas von Bambi, und ich fühlte mich wie der böse Jäger, der seine Mutter erschossen hat. Also nahm ich Jasper mit nach oben in mein Zimmer, wo wir auf meinem Bett mehrere Folgen Orphan Black hintereinander schauten, wobei ich darauf achtete, dass mindestens ein halber Meter Abstand zwischen ihm und mir war.

Als er endlich gegangen war – ich musste ihn regelrecht rauswerfen, und selbst beim Hinausgehen schienen seine Sohlen an unseren Fliesen zu kleben –, ließ sich die Sache nicht länger hinauszögern. Ich konnte es mir nicht mehr leisten, dass mich das Buch dauernd überholte und überraschte. Ich musste es lesen, komplett, bis zur letzten Seite. Ich wollte wissen, woran ich war.

Ich schlug es auf und suchte die Stelle, an der ich aufgehört hatte. Das Buch erzählte mir, was ich diesmal schon wusste. Der Mitschüler, mit dem ich zur Zusammenarbeit verdonnert worden war, war auf die dämlichste Art in mich verknallt. Ich im Buch war davon genauso angewidert wie ich in der Wirklichkeit. Ich hatte nie etwas gegen Jasper gehabt, ich hätte ihn sogar zu den netteren Jungs gezählt. Er pöbelte und rempelte nicht, überhaupt war er angenehm freundlich und unkompliziert. Er hatte keine leuchtenden Pickel und war wohl auch ganz gut in der Schule, aber so genau wusste ich es nicht, ich hatte ja nie besonders auf ihn geachtet.

Das Buch nervte mich, weil es sich zu ausführlich mit Jasper beschäftigte, der im Roman Jonathan hieß. So spannend war er auch wieder nicht. Warum raubte es mir so viel Zeit mit Nebensächlichkeiten, anstatt gleich zum Wesentlichen zu kommen? Das war genau der Grund, warum ich als Kind höchstens mal die Lustigen Taschenbücher gelesen und mich dann komplett auf Musik verlegt hatte. So ein Drei-Minuten-Song war eben nach drei Minuten vorbei, und man musste nicht weiter darüber nachdenken, was in ihm noch alles passieren würde. Beim Lesen hatte ich dagegen das Gefühl, dass das alles in einem Satz zusammengefasst werden könnte, dieser Satz aber aus unerfindlichen Gründen auf mehreren Hundert Seiten platt gewälzt wurde, bis man nur noch Gulasch im Hirn hatte. Manche Leute mochten das vielleicht, aber ich hatte noch nie die Geduld dazu gehabt.

Dass diese Leah mir nun meine Zeit raubte, nahm ich ihr fast persönlich übel. Da griff sie sich schon mein Leben, und anstatt die wichtigen Dinge auf direktem Wege zu erzählen, schlug sie irgendwelche Umwege ein und baute alberne Rätsel auf. Dabei wusste sie genau, dass ich mir gar nichts aus Jasper-Jonathan machte. Sie hatte es selbst geschrieben.

Wenn ich die Geduld mit der Geschichte ganz verlor, blätterte ich vor, um zu sehen, ob ich nun wirklich ein Geschwisterchen bekam, und wenn ja, ob es ein Mädchen oder ein Junge war. Aber ich fand nie die richtige Stelle und das verwirrte mich noch mehr. Dann blätterte ich wieder zurück, aus Angst, ich könnte etwas verpasst haben. Am Ende saß ich vier Stunden am Stück über diesem Buch. Das war mir noch nie in meinem Leben passiert.

Als ich es endlich zuschlug, hatte ich Kopfschmerzen und meine Augen fühlten sich an, als hätte jemand einen ganzen Sandkasten über mir ausgeschüttet. Etwas übel war mir auch. So ist es also mit diesem Lesen, dachte ich voller Hass. Man kämpft sich durch, man will nichts so sehr wie endlich ans Ende kommen und am Ende sitzt man wie ein begossener Pudel da.

Eins war mir allerdings klar geworden: Leah hatte ihren Grund, sich Jonathan gleich zu Beginn genauer vorzunehmen. Es ging ihr dann doch nicht nur darum, die Seiten zu füllen. Es hatte einen Zweck, der so böse war, dass ich darüber nicht länger nachdenken wollte. Morgen vielleicht. Es war bereits spät geworden, ich konnte kaum aus den Augen schauen, mein Magen knurrte.

Ich holte mir noch eine Schüssel Gulasch aus der Küche, aß sie leer und stellte sie auf die Fensterbank. Versuchte noch ein bisschen Orphan Black zu schauen, schaffte es aber nicht, weil ich auch dieser Geschichte nicht mehr folgen konnte.

Ich legte mich in Klamotten aufs Bett und schlief fest ein.

Mein erster Gedanke am Morgen war, Petrowna anzurufen. Mein Kopf war immer noch voll. Aber Petrowna hatte einmal gesagt, dass höfliche Menschen heutzutage nicht mehr anrufen, weil man sich dann so überfallen fühlt. Keine Ahnung, woher sie ihre manchmal königlichen Manieren hatte, von ihrer kirgisisch-türkischen Familie vielleicht?

Höfliche Menschen verabreden sich über WhatsApp zum Telefonieren, hatte Petrowna behauptet, außer es geht um Leben und Tod. Und darum ging es nicht, jedenfalls nicht um meinen und auch nicht um ihren. Und beim Gedanken an noch mehr Buchstaben wurde mir schlecht, deswegen wollte ich ihr nichts schreiben. Vielleicht wusste ich auch einfach nicht genau, was ich eigentlich schreiben wollte.

Wir trafen uns wie immer in der U-Bahn, und immer noch wusste ich nicht, wie ich es ihr sagen sollte. Das Buch hatte sich wie eine Mauer zwischen uns aufgebaut. Wir liefen schweigend mit unseren Schultaschen nebeneinanderher, dabei kaute sie an einem schon etwas schimmlig aussehenden Schokoriegel aus dem Automaten herum. Kurz vorm Eingang lief uns Jasper über den Weg, mit seinen abstehenden Ohren und einem breiten Grinsen, als könnte er sich keinen schöneren Tagesbeginn vorstellen.

»Da bist du ja!«, sagte er zu mir, und Petrowna runzelte die Stirn. Sie war mit ihren 1,79 Metern und einem geschätzten IQ von 170 Punkten nicht gewohnt, die Aufmerksamkeit mit mir zu teilen, geschweige denn komplett in den Hintergrund zu geraten.

Ich nickte ihm zu. Am liebsten hätte ich ihm gesagt, dass er sich von mir fernhalten soll. Nicht nur meinetwegen, sondern für sein eigenes Wohl. Aber er lief hinter uns her und erzählte etwas, wobei mir nicht klar war, ob es sich um seinen Traum von letzter Nacht oder einen geplanten Kinobesuch handelte. Kurz vor dem Klassenraum begriff ich, dass es darum ging, dass auch er das Buch gelesen hatte. Und zwar fast bis zum Ende. Ihm fehlten noch etwa zwanzig Seiten. Sei nicht so wahnsinnig spannend, aber okay, meinte er, obwohl ihn niemand danach fragte.

»Bis nachher«, sagte ich brüsk und ließ mich neben Petrowna auf den Stuhl fallen. Stellte fest, dass auch sie mich anstarrte.

»Was ist?« Meine Nerven flatterten neuerdings schon bei weniger merkwürdigen Dingen. Petrownas lange, nachdenkliche Blicke wirkten auf die meisten Menschen wie das Zischen der Schlange Kaa im Dschungelbuch.

»Ich habe dein Buch auch gelesen«, sagte sie. »Ich bin in die Bücherei gegangen und dort war es. Ich habe mich da in die Ecke gesetzt und hatte es in einem Rutsch durch.«

Ich starrte schweigend zurück. Ich wollte nicht nachfragen. Obwohl sie normalerweise der Typ mit der größeren Ausdauer war, gab sie diesmal zuerst nach.

»Bist du dir sicher?«, fragte sie.

»Was?«

»Was du behauptet hast. Dass es um dich geht.«

»Das musst du doch gemerkt haben, wenn du es gelesen hast.«

»Ich bin mir eben nicht sicher.« Petrowna kratzte an dem abblätternden schwarzen Nagellack auf ihrem linken Zeigefinger herum. »Vielleicht kenne ich dich doch nicht so gut.«

»Niemand kennt mich besser als du«, sagte ich. »Ja, das bin

ich. Das sind meine Gedanken. Meine Worte. Mein Leben. Wie kannst du daran zweifeln?«

Sie zuckte mit den Schultern. »Es gibt natürlich schon ein paar Parallelen. Aber die Tussi in deinem Buch hat eine merkwürdige beste Freundin, die ist klein, reich und hochnäsig. Denkst du so über mich?«

»Ach Quatsch«, sagte ich. Ich wusste auch nicht, wie ich es ihr erklären sollte. Natürlich war im Buch nicht alles hundertprozentig wie in meinem Leben. Die Leute trugen andere Namen und sahen anders aus und machten auch nicht genau die gleichen Dinge wie in echt.

»Es ist nicht wie ein Foto, verstehst du?«, sagte ich. »Es ist mehr wie ein … ich weiß nicht. Ein Gemälde. Andere Farben. Alles irgendwie verzerrt.«

»Wie eine Karikatur?«

»Vielleicht.«

Als wäre uns beiden der gleiche Gedanke gekommen, drehten wir uns nach hinten zu Jasper, der in meine Richtung strahlte.

»Und was ist mit ihm? Hat er sich wiedererkannt?«, fragte Petrowna.

»Denke nicht. Sonst hätte er wohl kaum behauptet, dass das Buch nicht so spannend ist.«

»Er weiß eben noch nicht, dass er am Ende stirbt«, sagte Petrowna.

5

Mit der Zeit merkte ich, dass ich Jasper zu hassen begann. Mehr noch als Leah und ihr Buch. Sogar mehr als Alicia. Es gab viele Ärgernisse auf dieser Welt, aber bei den meisten konnte ich behaupten, dass ich nichts dagegen ausrichten konnte. Mit Jasper war es anders. Er nervte, aber ich fühlte mich für ihn zuständig. Als wäre mir ein Welpe zugelaufen, den ich einmal gestreichelt hatte und für den ich plötzlich die Verantwortung übernehmen sollte. Dabei konnte ich überhaupt nichts für das, was in diesem Buch passierte. Es war ja alles Leahs Idee. Woher kam dieses lästige Gefühl, verantwortlich zu sein?

Das einzige Gute war, dass diese Mauer, die sich seit der Lesung zwischen Petrowna und mir aufgebaut hatte, inzwischen nicht mehr da war. Es kam mir vor, als litt ich plötzlich an einer Krankheit, von der niemand wusste, dass es sie überhaupt gab. Petrowna war die Erste, die mir glaubte. Die nicht mehr dachte, dass ich es mir einfach nur einbildete. Bevor sie das Buch selbst gelesen hatte, musste sie mich für eins dieser bemitleidenswerten Kinder gehalten haben, die sich irre Geschichten ausdachten, um sich interessanter zu machen.

»Ich werde ganz kirre wegen deines Buchs«, sagte sie jetzt.

»Was meinst du, wie es mir seit Tagen geht?!«

»Ich kann immer noch nicht ganz glauben, dass du dieses Mädchen aus dem Buch bist. Das ist einfach zu verrückt.«

Ich nickte. Auch dieses Gefühl kannte ich. Aber irgendetwas musste Petrowna trotz aller Zweifel beeindruckt haben, das spürte ich. Immer wieder schaute sie mich seltsam an und beobachtete auch Jasper aus dem Augenwinkel, als würde sie meine Worte nicht mehr beiseitewischen wie früher, sondern Beweise dafür oder dagegen sammeln.

»Man muss schon irgendwas tun, ne?«, fragte sie am nächsten Morgen in Mathe, als sich Jasper an der Tafel mit einer Gleichung abmühte.

»Aber was?«, zischte ich zurück.

Petrowna hatte auch keine Idee. Aber immerhin hielt sie mich nicht mehr für verrückt.

Nach der Schule ging ich mit meinem Vater Mittag essen. Diesmal war ich nicht so gierig, weil es dank Marija genug Essen in unserem Haus gab. Diese an sich schon erfreuliche Tatsache stachelte meine Mutter an, die nun einen neuen Ehrgeiz beim Lebensmitteleinkauf entwickelte. Sie besorgte Sachen, die wir noch nie in der Küche gehabt hatten, wie Papaya und Kokos-Mandel-Aufstrich, als würde sie in einem Wettlauf gegen Marija antreten: Wer kriegt die meisten Vitamine in das arme Trennungskind?

Alicia war diesmal beim Essen nicht dabei. Mein Vater sagte, sie fühle sich nicht so wohl. Die Gerüche beim Inder bekämen ihr nicht so gut. Ich nickte, es war ein schönes Gefühl, zur Abwechslung einmal Ahnung zu haben. Ich wusste besser als mein Vater, was auf ihn zukommen würde, jedenfalls bis zur Seite 190, mit der das Buch endete. Hoffentlich kam Leah nicht auf die Idee, eine Fortsetzung zu schreiben.

Mein Vater war etwas blass um die Nase. Die neue Verantwortung schien schwer auf ihm zu lasten. Er rührte sein Curry kaum an, als wäre auch ihm übel. Ich bediente mich aus seinem Teller, er ließ es sich gefallen. Er ist ja nicht mehr so jung, dachte ich, da brockt er sich ganz schönen Stress ein. Selber schuld. Soll ja nicht denken, dass ich babysitten werde.

Dann musste ich daran denken, dass ich genau diese Sätze in Leahs Buch gelesen hatte, und versuchte, aus Prinzip etwas anderes zu denken. Das gelang mir nicht, sosehr ich mich auch bemühte.

»Und, läuft alles gut in der Schule?«, fragte mein Vater geistesabwesend.

»Jaja«, antwortete ich automatisch. »Sag mal, was kann ich tun, wenn ich mit einer bestimmten Autorin sprechen will?«

»Mit wem?«

»Mit einer Frau, die ein Buch geschrieben hat.«

»Ich weiß, was Autorin bedeutet. Du hast ein Buch gelesen?« Die Überraschung riss ihn sogar aus seinen sorgenvollen Gedanken.

»Hä, was ist so schlimm daran?«

»Gar nichts«, sagte mein Vater. »Ist bloß etwas plötzlich.«

»Ich habe doch auch schon früher gelesen.«

»Ja, ich erinnere mich. Die kleine Raupe Nimmersatt.«

»Ich mach ein Referat für die Schule.«

»Ach so. Klar.« Er lehnte sich zurück.

»Und ich will mit der Frau sprechen, die dieses Buch verbrochen … äh, geschrieben hat. Ihr ein paar Fragen stellen. Das macht man doch so, oder?«

»Ist bestimmt eine gute Idee.«

»Eben. Aber wie komme ich an sie ran?« Ich hatte Leah Eriksson bereits mit Petrowna zusammen gegoogelt. An sie heranzukommen war aber schwerer, als wir uns beide vorgestellt hatten. Leah stand nicht im Telefonbuch, sie hatte keine Facebook-Seite, auf Instagram war sie unter diesem Namen auch nicht zu finden. Das Einzige, was wir fanden, waren ein paar Rezensionen in irgendwelchen Bücherblogs, ein paar Links zu Zeitungskritiken und die Verlagsseite mit einem Foto, auf dem ich Leah abermals nicht wiedererkannt hätte. Sie hatte darauf hellere und vor allem hochgesteckte Haare, stützte das Kinn auf die Hand und schaute gespielt verständnisvoll in die Kamera. Daneben stand nur geschrieben, was ich schon über sie wusste. Studium, arbeitslos, Bücher. Und dass sie mit ihrer Katze hier in Berlin lebte. Aber wie wir mit ihr in Kontakt treten konnten, hatte die Verlagsseite uns nicht verraten.

»Du musst an die Presseabteilung ihres Verlags schreiben«, sagte mein Vater. Er holte sein iPhone heraus, fragte mich nach dem Buchtitel und hatte innerhalb von Sekunden die Verlagsseite mit dem Foto, das ich bereits kannte.

»So weit war ich auch schon«, sagte ich.

Zwei Klicks später hatte mein Vater die E-Mail-Adresse der Presseabteilung, die er an mich weiterleitete. Dann musste er schon wieder weiter. Alicia konnte offensichtlich nicht länger warten.

»Ach ja, herzlichen Glückwunsch«, sagte er, nachdem er etwas hektisch bezahlt und die Quittung für die Steuer eingesteckt hatte. »Du wirst große Schwester.«

»Liebe Frau Leah Eriksson«, tippte ich, was Petrowna mir diktierte. »Ich habe Ihr Buch *Dinge, die du nie erfährst* mit großer Freude gelesen und möchte es jetzt im Rahmen eines Referats im Deutschunterricht meiner Klasse vorstellen. Um dieses besser gestalten zu können, würde ich Ihnen gern einige Fragen stellen. Wann hätten Sie Zeit? Mit freundlichen Grüßen, Ihre Kim Josephine.«

»Kein Mensch schreibt solche E-Mails«, sagte ich, als ich fertig war. Aber Petrowna sagte, ich hätte keine Ahnung. Leute, die Bücher lesen, würden auch so schreiben. Ich hatte also diesen Text in eine E-Mail eingetippt und darüber einen Satz an die Presseabteilung geschrieben, dass man das bitte an die hochverehrte Autorin Frau Eriksson weiterleiten möge. Vielen Dank, mit herzlichsten Grüßen, in Erwartung der baldigen Antwort, ein Riesen-Blabla.

»Wetten, die antwortet nicht«, sagte ich, nachdem ich auf Senden geklickt hatte. »Die sah so verschreckt aus, die beantwortet doch nicht freiwillig irgendwelche Mails von Leuten, die sie nicht kennt.«

»Warten wir es ab«, sagte Petrowna. In den letzten Tagen schaute sie sehr nachdenklich. Es war nicht das erste Mal, dass sie mich mit ihren Stimmungen verwirrte, also verließ ich mich darauf, dass sie mir schon irgendwann den Grund sagen würde. Die Erfahrung hatte gezeigt, dass Nachfragen wenig brachte. Verliebt konnte Petrowna trotz ihres umwölkten Blickes wohl kaum sein. Einmal hatte sie ähnlich geguckt, weil ihre Lieblingstante Drillinge erwartete, und einmal, als eine Cousine, die kaum zwei Jahre älter war als wir, von jemandem entführt worden war, der sich später als ihr Bräutigam herausstellte.

Petrowna hatte mir nun offiziell zum baldigen Geschwisterchen gratuliert und gesagt, sie wolle es dann gleich kennenlernen und babysitten. Sie redete verdächtig ähnlich wie diese Freundin im Buch. Das schien ihr selbst aufzufallen und sie musste darüber lachen.

Die Frage, was wir nun mit Jasper machten, war offener denn je.

Er hatte das Buch inzwischen fertig gelesen und fand es schon etwas traurig und vor allem romantisch. Die Heldin mochte den netten Jungen nicht und machte sich schreckliche Vorwürfe nach dessen Tod. »Ich schwöre, ich werde mir keine Vorwürfe machen!«, zischte ich Petrowna zu. Obwohl wir beide so taten, als wäre es wahnsinnig komisch, war uns nicht zum Lachen zumute. Wenn Jasper wenigstens ein Kotzbrocken wäre. War er aber gar nicht.

»Das Komischste ist, er liest dieses Buch und merkt gar nicht, dass es um ihn geht«, sagte ich zu Petrowna.

»Weil es eben nicht um ihn geht«, sagte sie. »Er ist wie so eine Spielfigur. Zu unscharf, um sich selbst zu erkennen.«

»Das ist ja total schrecklich.«

»Diese Leah ist ein Monster.«

Wieder einmal hatte ich mich geirrt. Bereits am nächsten Tag bekam ich eine Antwortmail von Leah Eriksson persönlich. Die war ziemlich trocken und nichtssagend, aber immerhin hatte sie überhaupt geantwortet.

Liebe Kim Josephine, stand da. *Vielen Dank für deine netten Zeilen. Ich freue mich, dass dir mein Buch gefallen hat und dass du es deinen Mitschülern vorstellen möchtest. Gern stehe ich für deine Fragen zur Verfügung. Bitte schick sie mir per E-Mail zu. Beachte aber bitte, dass ich sehr beschäftigt bin. Also frag mich am besten nicht die Dinge, die ich schon tausendmal in Interviews beantwortet habe. Tu mir den Gefallen und bemühe die Suchmaschinen, um dich ein bisschen zu informieren. Und ein »Danke« hinterher wäre mir auch sehr sympathisch. Sehr herzlich, Deine Leah Eriksson.*

»Blöde Schnepfe«, sagte ich, während Petrowna mir das iPhone wegnahm und eintippte: *Vielen Dank, dass Sie sich die Zeit nehmen möchten. Allerdings würde ich Sie sehr gern persönlich treffen. Wir können uns in einem Café unterhalten, ich lade Sie auch ein.*

»Ich soll die auch noch einladen!«, rief ich, während Petrowna eiskalt auf Senden tippte.

Die Reaktion kam prompt. Es tue ihr sehr leid, aber für

persönliche Treffen habe sie keine Zeit. *Sehr herzlich, Deine Leah Eriksson.*

»Wie kann man bloß so arrogant sein?«, tobte Petrowna. »Wir sind schließlich ihre Leser. Wenn auch nicht ganz freiwillig. Wenn jemand ein Buch von mir lesen und mich dann ins Café einladen würde, würde ich ihm die Füße küssen.«

Sie schrieb noch irgendwelche schmeichelhaften Überredungssätze, schlug dies und das vor, lobte alle Bücher von Leah so überschwänglich, als handle es sich um die Buchvorlage zu Game of Thrones, aber es war alles umsonst. Die blöde Autorin reagierte gar nicht mehr.

6

Der nächste Monat verging wie im Flug.

Bei uns zu Hause war es wieder wohnlich geworden. Mama wurde es peinlich, Löcher in die Luft zu starren, während Marija um sie herumputzte. Sie reduzierte Marijas Einsätze auf zwei Tage, was bedeutete, dass ich meine Wäsche nun doch wieder selbst in die Maschine werfen und sogar gelegentlich aufhängen musste.

Ich musste immer wieder Petrowna anrufen und fragen, in welches Fach das Waschpulver kam, weil ich Mamas Anweisungen sofort vergessen hatte. Petrowna sagte, ich solle drei volle Becher direkt in die Waschtrommel schütten, was mir suspekt vorkam, aber ich machte es trotzdem.

Als dann meine ganzen T-Shirts mit weißen Flecken rauskamen und ich ein ratloses Foto an Petrowna schickte, wurde sie plötzlich wütend. »Fragst du mich demnächst auch, wie du am besten Staub wischst? Nur weil meine Mama Putzfrau ist? Ich hab keine Ahnung vom Wäschewaschen, das macht bei uns meine Cousine, ich habe bloß in einem Buch davon gelesen, aber das ist auch schon älter.«

»Putzfrau?«, wunderte ich mich. »Ich dachte, deine Mama wäscht die Leichen im Leichenhaus und verkauft die Organe heimlich an die Mafia?«

»Deswegen haben sie sie ja rausgeschmissen. Die Angehörigen haben sich beschwert.« Und dann ging Petrowna offline, als hätte ich ihre Gefühle verletzt.

Meine Mama machte in der Zwischenzeit einen Yoga-Kurs. Vielleicht auch zwei, jedenfalls hatte sie nun die ganze Zeit neonpinke Sportklamotten an und um die Stirn ein Schweißband. Wenn ich mich mit ihr unterhielt, ging sie schon mal mitten im Gespräch auf alle viere und streckte den Hintern in die Höhe – das Kunststück hieß »der pinkelnde Hund« oder so.

»In diesen Sachen siehst du aus wie in einem alten Aerobic-Video«, sagte ich. »Weißt du, die ich früher immer geguckt habe, wenn gerade keine Zeichentrickfilme im Fernsehen kamen.«

»Findest du?« Entweder Mama errötete vor Freude oder das Blut staute sich gerade in der Hundehaltung besonders heftig in ihrem Kopf. Möglicherweise beides.

Aber die Entwicklung gefiel mir. Alles besser als eine Mutter, die schlapp herumliegt und Haferflocken einzeln abwiegt. Leahs Buch hatte schon angedeutet, dass Mama sich wieder einkriegen würde, weil die Mutter des Buch-Mädchens im letzten Drittel einen neuen Mann kennenlernte, der für alle superlecker kochte. Es war nicht mehr so deprimierend zu Hause.

»Sei froh, dass du Leahs Buch erwischt hast«, sagte Petrowna, als ich ihr von den beiden Müttern erzählte und meine richtige mit der im Buch verglich. »In den neumodischen Kinderbüchern bringen sich die Eltern meist um.«

Bei uns gab es allerdings anders als bei Leah keinen neuen Mann, auch keinen am Herd. Die Küche wurde leider von Mama besetzt. Sie kaufte nicht nur Lebensmittel ein, sie kochte auch wieder, unglücklicherweise vegan. In unserem Kühlschrank stapelte sich irgendein braunes Zeug in Gläsern, das unglaublich gesund sein musste und wie außerirdisches Leben aussah, das jemand aus Versehen püriert hatte. Im Gemüsefach lag Grünkohl, den Mama neuerdings Käjl nannte. Morgens pürierte sie Grünkohl mit Ingwer und Banane und versuchte regelmäßig und immer wieder vergeblich, auch mir einen Becher davon unterzujubeln. Manchmal musste ich mir vor lauter Grünkohlterror schon vor der ersten Stunde einen Döner kaufen. Mama sagte, Fleisch würde alt machen und Käjl jung und gesund.

»Okay«, antwortete ich, »dann sehe ich bald älter aus als du. Ist mir recht.«

Mein Vater hatte kaum mehr Zeit für mich. Mein Geschwisterkind war noch gar nicht geboren und schon beanspruchte es seine ganze Aufmerksamkeit. »So ist es eben«, sagte Petrowna. »Du musst warten, bis sie noch drei weitere Kinder zusammen haben, die tagein, tagaus durcheinanderbrüllen, während er gerade mit seiner Sekretärin auf Dienstreise fährt. Dann erinnert sich dein Vater wieder an dich und kauft dir vor lauter schlechtem Gewissen ein Cabrio. Aber bis dahin musst du dich damit abfinden, dass du praktisch eine Halbwaise bist.«

Alicia ging es weiterhin schlecht, sie musste liegen, vermutlich verlangte sie, dass mein Vater sich dazulegte, und ich schickte ihm aufmunternde Nachrichten: »Glaub mir, es wird alles gut, ich habe es im Gefühl.« Ich verließ mich dabei ziemlich blind auf Leah. Für meinen Vater hatte sie in ihrem Buch keine bösen Überraschungen vorgesehen. Um ihn und seine neue Familie machte ich mir nicht die geringsten Sorgen.

Mein Problem war Jasper.

Er stellte sich mit seinen Gefühlen immerhin nicht so dämlich an, wie ich anfangs befürchtet hatte. Erst hatte er versucht, mir Nachrichten jenseits des Klassenchats zu schicken. Ob ich diesen oder jenen Film gesehen hätte und ob man mal zusammen ein Eis essen geht, aber ich ignorierte sie. Also hörte er damit auf. In dieser Hinsicht war er geschickter als dieser Jonathan im Buch. Der nämlich warf mir sein Herz vor die Füße und beschwerte sich, dass ich darauf herumtrampelte. Genau so drückte er sich aus. Petrowna sagte, wenn die Leute so viel von ihren Organen reden, fühle sie sich wie beim Metzger.

Aber der richtige Jasper erwähnte sein Herz zum Glück nicht. Er sah mich bloß an, ich konnte es richtig spüren. Wenn ich mich zu ihm drehte, grinste er. Er bot mir Hilfe in Mathe an, als hätte ich keine Petrowna. Er hielt mir sein Pausenbrot hin, als ich mein eigenes, mit brauner Pampe bestrichen und Käjl belegt, demonstrativ in den Papierkorb warf – selbst die dauerhungrige Petrowna weigerte sich, auch nur daran zu riechen.

Davon abgesehen ließ Jasper mich in Ruhe. Deswegen

hatte ich manchmal das Gefühl, dass ich mich jetzt mehr für ihn interessierte als umgekehrt. Als er aufhörte, mir Nachrichten zu schicken, schrieb ich ihm abends ab und zu: *Und, ist was?* Oder manchmal auch nur ein paar Smileys.

In der Schule sprach ich weiterhin nicht mit ihm. Ich musste mich bloß immer wieder vergewissern, ob er noch da war. Nicht, dass er schon vor seiner Zeit starb. Kein Wunder, dass ich ihn verwirrte.

Und dann, eines Morgens, war Jasper nicht in der Schule. Mein Herz setzte aus. Ich holte mein Telefon und tippte drauflos. Leider hatten wir gerade Mathe und Herr Schmechel war einer von den wachen Lehrern. Er lachte mich aus und nahm mir mein iPhone weg. Ich sollte es später im Sekretariat abholen.

Das war mir noch nie passiert. Wir alle hatten in der Schule unsere Hände an den Telefonen, aber nur die Blöden ließen sich dabei erwischen. Eine Schulregel besagte, dass das Sekretariat mein iPhone erst nach einer Woche rausrücken würde. Deswegen musste ich mir für die Schulsekretärin, Frau Nowottny, eine Erklärung einfallen lassen, warum ich es dringend zurückbrauchte. Erst wollte ich erzählen, dass ich ein Geschwisterchen bekäme und deswegen immer online sein müsste. Das wäre immerhin fast wahr gewesen. Ich hätte ja nicht erzählen müssen, dass das Geschwisterchen noch nicht einmal die Größe einer Essiggurke hatte.

Dann dachte ich, wenn schon sich blamieren, dann komplett.

»Ich mache mir einfach Sorgen um Jasper«, sagte ich zu Frau Nowottny. »Er ist heute Morgen nicht in die Schule gekommen. Ich habe ihn gefragt, wo er steckt, aber er hat einfach nicht geantwortet, er hat die Nachrichten nicht einmal gelesen. Da muss doch was passiert sein.«

Sie zwinkerte mir zu.

»Hat er dir etwa nicht Bescheid gesagt, dass er sich die Weisheitszähne ziehen lässt?«

»Nein.« Meine Wangen prickelten, aber ich hielt ihrem Blick stand.

»Seid wohl noch nicht so eng, ihr zwei?«

»Nein!!!«

Sie gab mir mit einem verständnisvollen Lächeln mein iPhone zurück. »Mach dir nichts draus. So sind sie eben. Mein Mann erzählt mir auch nie irgendwas.«

Im Buch passierte das Unglück bei einem Picknick im Juni, theoretisch hatte ich also noch Zeit. Aber konnte ich mich auf diese Angaben verlassen? Petrowna wusste es auch nicht, meinte aber, in so einem Buch sei nichts zufällig. Ich dürfte zwar nicht davon ausgehen, dass alles genau so passieren würde wie beschrieben, aber ich müsste trotzdem mit allem rechnen.

Weil wir mit der Sache nicht weiterkamen, versuchte Petrowna erneut, an Leah Eriksson heranzukommen. Ich selbst traute mich nicht mehr. Also rief Petrowna noch einmal im Verlag an und schrieb einige Mails, aber von Leah Eriksson kam kein Mucks mehr.

»Wie gestört kann man sein, so unhöflich«, schimpfte Petrowna, während ich nur mit den Schultern zuckte.

Unser Referat legten Jasper und ich auf Eis, da die kleine Frau Meier ein Burn-out bekam und für ungewisse Zeit krankgeschrieben wurde. Wir hatten nicht einmal ein schlechtes Gewissen, als wir darüber jubelten. Nur Petrowna verzog das Gesicht: »Müssen wir jetzt die ganze Zeit mit Vertretungslehrern Spiele spielen und Bilder ausmalen?«

Aber auch die Vertretungslehrer wurden krank, sodass wir nun doch Freistunden hatten. »Wenn wir hier schon rumsitzen müssen, machen wir etwas, was Spaß macht«, beschloss Petrowna und brachte am nächsten Tag ein Kartenset mit. Sie versuchte, mir ein Spiel beizubringen, das angeblich kinderleicht, mit seinen ganzen Sonderregeln aber doch wahnsinnig kompliziert war. Ich vergaß immer wieder, welche Karte alle anderen stach, aber nur in einer bestimmten Farbe und von links.

Schließlich warf Petrowna die Karten frustriert unter den Tisch. »Lass uns lieber Schach versuchen, das hilft dir dann wenigstens in Mathe.«

»Danke, kein Bedarf.«

»Du siehst so sexy aus, wenn du nachdenkst.«

Sie sagte es bestimmt nur so. Als wir uns dann allerdings an ein Brett in der Cafeteria setzten, kam ein Siebtklässler und fotografierte uns für die Schülerzeitung. Fünf Minuten später hatte Petrowna die Figuren vom Brett gefegt und mir endlich erlaubt, ein total spannendes YouTube-Tutorial über Cupcakes anzugucken.

Das alles half mir ein wenig, die Sache mit dem Buch und Jaspers Tod und allem Drumherum zu vergessen. Das Buch wanderte unter mein Bett. Marija fand offenbar, dass zwei Tage Putzen für unseren Haushalt nicht reichten, jedenfalls ließ sie das Buch ebenso dort wie den einen oder anderen schmutzigen Teller und den Berg benutzter Papiertaschentücher.

Manchmal schien mir, als hätte ich von Leah Eriksson und dem Buch einfach nur geträumt – zum Beispiel dann, wenn ich mich zu Hause mit neuen Folgen Game of Thrones ablenkte. Wer brauchte Bücher, wenn es Serien gab? Ich schickte auch keine Nachrichten mehr an Jasper. Nun war er es wieder, der mir ab und zu rätselhafte Bilder über WhatsApp schickte, zum Beispiel das mit dem Hühnerbein und einem Vulkan, aber ich hatte keine Lust, mir den Kopf über seine Zeichensprache zu zerbrechen. Ich beschloss, mich einfach nicht mehr zuständig zu fühlen. Und statt an Jasper lieber an Petrownas Cousinbruderonkel Timur zu denken.

Ich fragte Petrowna, ob Timur mit seiner Ausbildung zum Bombenleger bald fertig wäre und ob sie mir dann rechtzeitig Bescheid sagen würde, welcher Bahnhof in die Luft gesprengt werden sollte. In Wirklichkeit wollte ich natürlich etwas völlig anderes wissen. Als ich den Namen Timur aussprach, kribbelte mir die Zunge. Petrowna sah mich stirnrunzelnd an und sagte, er würde gerade sein Praktikum im Ausland machen. Das machte mich irgendwie traurig.

Und so traf mich meine nächste Begegnung mit Leah Eriksson komplett unvorbereitet.

7

Sie war nicht in echt da, nur ihr Foto auf einem Plakat in der Buchhandlung. Wieder dieses freundliche von der Website ihres Verlages, das ihr überhaupt nicht ähnlich sah. Unter dem Bild klebte ein handgeschriebener Zettel: Lesung, Dienstag, 19:30 Uhr. Ich machte ein Foto und schickte es Petrowna.

Schlau, wie Petrowna war, las sie sofort das Kleingeschriebene. Eintritt zwölf Euro pro Person.

Du musst allein hin, textete Petrowna.

Das kannst du mir nicht antun, schrieb ich zurück.

Von zwölf Euro kann meine Familie eine Woche leben!

Ich vermutete, dass Petrowna Witze machte. Aber was wusste ich schon darüber, was angebliche Drogendealer verdienten. Wir redeten über fast alles, aber nie ernsthaft über Geld. Petrownas Wohnung war trotz der vielen Leute so klein, dass ich im Treppenhaus gewartet hatte, als ich sie einmal verbotenerweise besuchte.

»Ist wirklich besser«, hatte mir Petrowna damals zugestimmt. »Bevor du bei uns noch aus Versehen auf irgendein Baby trittst.«

Ich dachte, dass ich das Eintrittsgeld lieber in einen Kinobesuch als in einen Abend mit Leah Eriksson investiert hätte. Am Schülertag wäre im Kino dafür sogar noch Popcorn drin gewesen.

Am Ende pumpte ich meine Mutter an. Ich sagte ganz ehrlich, wir würden zu einer Lesung gehen.

»Stimmt«, sagte meine Mutter, »du hast ja dieses Buch gelesen, das du die ganze Zeit so umklammert hieltst. Geht es immer noch um das gleiche Buch?«

»Welches sonst«, sagte ich. Ich hatte nicht vor, so schnell ein anderes zu beginnen. Dieses reichte mir vollkommen. Petrownas Eintritt sponserte meine Mutter ohne mit der Wimper zu zucken mit. Petrowna sagte, das sei ihr peinlich, aber sie wolle sich dankbar zeigen, indem sie mich Leah und der Wahrheit näherbrächte.

Bei Leah Erikssons Lesung gab es natürlich kein Popcorn. Aber immerhin je eine Schüssel mit Salzstangen und Gummibärchen. Petrowna und ich bedienten uns reichlich. Petrowna ekelte sich allerdings, weil, wie sie sagte, so viele Leute mit ihren ungewaschenen Händen in die Schüssel reingriffen. Ich beruhigte sie: Die Gummibärchen waren so glibberig, dass die Keime sicher abrutschen würden.

Aus einem Reflex heraus setzten wir uns in die letzte Reihe, was eine dumme Idee war, denn so konnten wir weder etwas hören noch sehen. Leah hatte natürlich immer noch nicht gelernt, laut und deutlich zu sprechen, und ein Mikrofon wäre dem Laden vermutlich zu sehr 21. Jahrhundert gewesen. Es waren nicht viele Leute da, etwas mehr als zwanzig, hauptsächlich alte Frauen. Manche hatten ihre Männer mitgebracht und schubsten sie an, wenn diese während der Lesung zu schnarchen anfingen.

»Ich dachte, sie schreibt für Jüngere?«, flüsterte ich Petrowna zu.

»Die Leute sind heutzutage total infantil«, sagte Petrowna einen Tick zu laut, denn einer der Alten wachte auf und warf ihr einen empörten Blick zu. »Stimmt doch. Die lesen alle Kinderbücher. Meine Oma kann diese Twilight-Geschichten auswendig. Dabei hat sie vorher nichts gelesen, außer der Bibel vielleicht.«

Ich verstand wenig von dem, was Leah da vorn von sich gab. Petrowna checkte im Gegensatz zu mir sofort, dass es diesmal um Gedichte ging. »Ich krieg gleich Pickel«, flüsterte sie mir zu. »Ich bin allergisch gegen alles, was sich reimt.«

Leahs Haare fielen ihr wieder ins Gesicht. Es war unklar, ob es sich um ein endlos langes Gedicht handelte oder um ein Dutzend kurze. Ich atmete erleichtert auf, als die Leute zu klatschen anfingen.

Die Buchhändlerin mit den Pantoffeln baute sich neben dem Tisch auf, an dem Leah saß. In ihrer Hand flatterte ein mickriger Blumenstrauß.

»Vielen Dank, Frau Eriksson. Das war wieder einmal sehr ergreifend.«

Leah nuschelte etwas. Sie wirkte zwar sicherer als bei der Lesung in der Bibliothek, dennoch konnte man mit bloßem Auge sehen, dass sie unglaublich gern nach Hause wollte. Aber die Leute wollten für ihr Geld noch Fragen stellen. Sie fragten, woher Leah ihre Inspiration nehme und ob ihre Gedichte autobiografisch seien. Leah antwortete knapp und versteckte sich dabei hinter ihren Blumen. Am Ende reihten sich die Zuhörer in eine kurze Schlange ein, um ihre Eintrittskarten und Bücher signieren zu lassen.

Petrowna und ich wechselten Blicke und stellten uns ebenfalls an.

»Red du mit ihr«, sagte ich. »Du kannst besser mit Leuten.«

»Du kannst dich nicht ewig hinter mir verstecken«, sagte Petrowna. »Ist doch dein Buch.«

Leider hatte sie recht.

Leah kritzelte schwungvoll ihren Namen auf die Zettel, die ihr die Leute hinhielten. Ich fragte mich, was sie alle mit diesen Unterschriften anfangen wollten. Leah war nicht Taylor Swift, ihr Gekrakel würde man sich wohl kaum eingerahmt auf die Gästetoilette hängen.

Die Schlange baute sich rapide ab. Jetzt war nur noch ich übrig. Leahs Hand mit den langen dünnen Fingern streckte sich in meine Richtung und blieb in der Luft hängen. Ich hatte nichts zum Signieren dabei. Mein Buch lag immer noch unter dem Bett.

Leah schob sich die Haare aus dem Gesicht und blickte mich irritiert an.

»Ich bin Kim Josephine«, sagte ich. Sie schaute zu mir auf. Dann regte sich so etwas wie Wiedererkennen unter ihren kaum sichtbaren Wimpern.

»Ich habe Ihnen eine E-Mail geschrieben«, half ich ihr auf die Sprünge. »Für mein Referat.«

Sie tat immer noch so, als wüsste sie nicht, wer ich bin. Vielleicht schrieben ihr wöchentlich irgendwelche Leute, die Referate machten.

»Ich muss mit Ihnen sprechen. Bitte.«

»Ich höre«, sagte Leah ungeduldig.

»Aber doch nicht hier.«

»Wo sonst?«

»Bitte. Ich habe Ihr Buch gelesen, wirklich, vom Anfang bis zum Ende. Ich habe bestimmt kein Buch in den letzten Jahren gelesen außer Ihrem.«

Das mussten die richtigen Worte gewesen sein. Bloß musste ich jetzt eine Überleitung zu Jaspers Rettung schaffen.

»Und was willst du jetzt von mir?« Sie war schon sichtlich milder gestimmt.

»Mein Referat …«

»Klingt nicht so, als ginge es nur um ein Referat. Was willst du wirklich?«, unterbrach mich Leah.

»Ich habe ein Problem mit Ihrem Buch.«

Falscher Ansatz. Der Haarvorhang fiel wieder. Ich korrigierte mich sofort. »Nein, ich meine, es hat irgendwas mit mir gemacht. Mit meinem Leben.«

Leahs Augen waren wieder da. »Echt?«

»Ich schwör.«

Die Buchhändlerin umkreiste uns langsam. Offenbar wusste sie nicht, was sie von unserer Unterhaltung halten sollte. Die geschätzte Autorin machte wohl keinen allzu zufriedenen Eindruck. Zum Glück gab es in diesem Laden kein muskelbepacktes Sicherheitspersonal, das mich hätte raustragen können, weil ich eine Berühmtheit belästigte. Zum Glück war Leah nicht Taylor Swift.

Petrowna merkte es auch sofort. Sie legte ein Buch beiseite, das sie in einer Ecke durchgeblättert hatte, stellte sich zwischen die Buchhändlerin und mich und verwickelte sie in ein Gespräch.

»Bitte«, sagte ich schnell, bevor uns noch jemand störte. »Trinken Sie einen Kaffee mit mir. Oder einen Kakao. Meinetwegen einen Darjeeling. Oder eine Bloody Mary. Ich lese zum Dank so viele Bücher von Ihnen, wie Sie wollen. Das habe ich noch niemandem versprochen.«

Plötzlich prustete Leah laut los. »Du bist wirklich seltsam, weißt du das?«

Das sagte ja die Richtige. Ich schwieg höflich.

»Ich erinnere mich an deine E-Mail. Du hattest meinen Namen richtig geschrieben. Eine höfliche Anrede, ein Abschiedsgruß. Das ist echt selten bei diesen Mails, die man die ganze Zeit kriegt.«

Ich klimperte verlegen mit den Wimpern und schickte Petrowna in Gedanken ein Küsschen.

»Morgen um vier hier um die Ecke beim Starbucks«, sagte Leah. »Und ich habe wirklich nicht viel Zeit.«

»Weißt du, was das bedeutet?«, fragte mich Petrowna, als sie mich um 15:58 Uhr zum Starbucks-Eingang begleitete.

»Dass Leah gern Kaffee auf Kosten anderer Leute trinkt?«

»Dass sie in der Nähe wohnt.« Petrowna war schon wieder zu schlau für diese Welt.

»Komm doch mit.« Ich zupfte sie am Ärmel.

Sie riss sich los. »Es ist dein Bier. Beziehungsweise dein Frappuccino.«

»Du bist so gemein, Petrowna. Ich bin doch auch immer für dich da.«

»Bist du das?« Ihre Augen wurden schmal, als hätte sie Zweifel daran. »Wie auch immer. Ich bin total gut zu dir. Ich hätte richtig Lust, mitzukommen und ihr ein paar Fragen zu stellen. Aber ich glaube, das würde deinem Problem nicht helfen. Du musst sie unter vier Augen sprechen.«

»Was hättest du denn gefragt?«

»Ach, egal. Irgendwas.« Petrowna wirkte auf einmal verlegen.

»Sag doch mal.«

»Über Bücher. Wie man welche schreibt. Wie man einen Verlag findet, wenn man eins geschrieben hat.«

Ich vergaß zu blinzeln. »Wozu willst du denn so etwas wissen?«

»Einfach so.«

»Willst du etwa so werden wie die?«

»Garantiert nicht«, sagte Petrowna unerträglich arrogant. »So eine wie die würde ich nie werden. Jetzt geh schon.« Sie schubste mich hinein.

Leah war schon da. Sie hatte bereits einen Latte macchiato ausgetrunken, wahrscheinlich saß sie schon lange hier. Sie trug dasselbe schwarze T-Shirt wie am Vortag in der Buchhandlung, ich erkannte es an dem Zahnpastafleck auf der Schulter. Sie reichte mir wortlos ihre Tasse, als ich sie fragte, was sie trinken wolle.

»Einmal nachfüllen.« Auf der Tasse stand *Tina*.

»Wieso Tina? Heißen Sie in Wirklichkeit so?«

Sie zuckte mit der fleckigen Schulter. »Ich wechsele eben gern Namen.«

Petrowna fehlte mir bitterlich. Sie konnte zwar dafür sorgen, dass sich Leute in ihrer Gesellschaft hilflos und dumm fühlten. Aber wenn sie wollte, ließ sie ihren Charme sprühen. Sie hatte schon mehrmals den Tag der offenen Tür an unserer Schule moderiert und selbst die schüchternsten Unterstufenschüler erzählten dann wie hypnotisiert Witze in ihr Mikrofon.

Wir dagegen saßen vor unseren Tassen, und Leah tat mir nicht den Gefallen, irgendetwas zu sagen. Ich musste alles allein machen.

Ich räusperte mich. »Wie machen Sie das?«

»Was?«, schnappte sie.

»Ich meine, wie schreiben Sie Ihre Geschichten?«

»Einfach so.« Sie rührte in ihrem Milchschaum. »Ich konnte es nie gut erklären. Irgendwann ist eine Geschichte da. Dann nehme ich sie.«

Ertappt, dachte ich. Praktisch ein Geständnis. »Genau das hätten Sie nicht tun dürfen. Es ist nämlich meine Geschichte.«

»Wie bitte?«

Ich erklärte es ihr. Ich hörte selbst, wie wirr das alles klang, fast ein bisschen wahnsinnig. Ich beschrieb, wie ich mich wiedererkannt hatte, auch wenn sie versucht hatte, einige Dinge zu verschleiern, Namen, Haarfarben, irgendwelches nebensächliche Zeug. Das alles konnte aber das Wesentliche nicht verbergen. Sie hatte mit meiner Stimme über mein Leben geschrieben. Damit sie mir glaubte, erwähnte ich meinen Vater und das neue Baby, meine Mutter und nicht zuletzt Jasper.

»Mit allem anderen könnte ich leben, aber das mit Jasper ist schwierig. Der ist wirklich nicht schlimm. Den muss man nicht beseitigen.«

»Hm?«, machte Leah fragend. Es war unklar, ob sie überhaupt irgendetwas verstanden hatte.

»Ihr Buch geht für ihn ja irgendwie so gar nicht gut aus.«

Sie runzelte die Stirn. »Ach ja. Stimmt. Diese verdammte Allergie. Keine starke Wendung. Habe ich aus irgendeinem Film. Ist ziemlich kitschig.«

»Jasper, den Sie Jonathan genannt haben, ist nämlich auch echt. Den gibt es wirklich, der geht in meine Klasse. Ich fände es wirklich beschissen, wenn er meinetwegen sterben müsste.«

»Wieso deinetwegen?«

»Weil er in meinem Buch vorkommt. Also in Ihrem.«

»Nimmst du irgendwelche Medikamente?«, fragte sie plötzlich.

Ich streckte die Hand aus und packte Leah am Ärmel. »Ich bin nicht verrückt. Ich schwör. Ich hab bloß Ihr Buch gelesen. Seitdem denken alle, ich bin irgendwie gestört.«

Das schien sie nicht zu beruhigen. Sie riss sich los und rutschte mit ihrem Stuhl von mir weg.

»Was willst du von mir?«

»Sie müssen mir helfen. Sie müssen es umschreiben.«

»Wie stellst du dir das vor? Das Buch ist längst veröffentlicht.«

»Keine Ahnung. *Sie* sind die Autorin.«

»Ich würde dir echt gern helfen«, sagte sie mit einer Freundlichkeit, die sehr plötzlich und deswegen total gefaked rüberkam. Da wurde mir klar, dass sie mich loswerden wollte, weil sie vermutlich Angst vor mir hatte. Mein Problem kümmerte sie nicht. Jaspers Leben war für sie nicht von Interesse.

Leah heuchelte trotzdem die Verständnisvolle – wenig überzeugend, denn sie hatte null Schauspieltalent. »Aber ich weiß einfach nicht, was ich tun kann, Amy-Karoline. Sprich mit deinen Eltern oder irgendeinem Psychologen darüber. Ihr habt doch bestimmt so jemanden an eurer Schule.«

»Ist nicht Ihr Ernst, oder?«

»Es ist das erste Mal, dass sich jemand über so etwas bei mir beschwert«, sagte sie. »Ich weiß wirklich nicht, wie ich dir helfen kann. Schreib meinetwegen an den Verlag. Die haben extra Leute für den Kontakt mit der Öffentlichkeit.«

»Ich bin aber keine Öffentlichkeit. Und Sie haben dieses blöde Buch doch selbst geschrieben. Wieso versuchen Sie sich die ganze Zeit rauszureden und andere vorzuschieben? Sie sind ganz allein verantwortlich dafür.«

»Ich weiß überhaupt nicht, wovon du sprichst«, sagte Leah. Dann raffte sie blitzschnell ihre schwarze Stofftüte zusammen, schlüpfte in die schwarze Jacke und war weg, kaum dass ich mich versah.

Ich wusste, dass sich mir so eine Chance nie wieder bieten würde. Also schlich ich aus dem Starbucks und schaute mich nach allen Seiten um. Ich sah Leah gerade noch um die Ecke biegen. Wenn Petrowna recht hatte und Leah in der Nähe wohnte, würde sie jetzt heimgehen, und ich könnte rauskriegen, wo ich sie jederzeit finden konnte. Es war überdeutlich, dass sie sich nicht noch einmal freiwillig mit mir treffen würde. In ihren Augen war ich eine Irre.

Ich folgte Leah, wie ich es in Filmen gesehen hatte. Es war gar nicht so einfach. Schließlich durfte ich sie nicht aus den Augen verlieren, andererseits musste ich mich hinter dem Rücken anderer Leute versteckt halten, für den Fall, dass sie sich umdrehte. Einmal drehte sie sich in der Tat um, entdeckte mich aber nicht. Vielleicht war sie auch noch kurzsichtig vom vielen Schreiben und zu eitel, um eine Brille zu tragen.

Leider ging sie nicht nach Hause, sondern erst einmal zu Bio Company. Ich schlich um den Eingang herum. Zum Draußen-Rumstehen war es ziemlich kalt und sie ließ sich Zeit. Nach einer Ewigkeit kam sie heraus, mit einer Tüte voller Grünkohl in der Hand und einer Müslistange zwischen den Zähnen. Ich lief hinterher. Die Straße, in die sie abbog, kam mir unangenehm bekannt vor. Ich versteckte mich hinter einem Baum wie ein Spion in einem alten Schwarz-Weiß-Film, während Leah an einem Hauseingang mit den Schlüsseln klimperte.

Ich wartete sicherheitshalber einige Minuten, nachdem sie das Haus betreten hatte, und lief dann hin, um das Klingelschild zu studieren. Von einer Leah Eriksson war nirgends die Rede. Allerdings wohnte laut Klingelschild eine Tina Müller unterm Dach. Ich machte ein Foto für Petrowna.

Du hattest recht, tippte ich dazu. *Sie heißt in Wirklichkeit ganz anders.*

Muss ich immer recht haben?, schrieb Petrowna zurück und verdrehte dabei per Smiley die Augen. *Und dann auch noch so komplett recht!*

Ich steckte mein iPhone in die Hosentasche. Irgendwie wollte ich Petrowna gegenüber nicht erwähnen, dass mein Vater direkt um die Ecke wohnte. Vielleicht weil ich selbst noch nicht wusste, was ich von der ganzen Sache halten sollte. Aber dann sagte ich es ihr doch.

Mein Vater wusste wiederum nicht, was er davon halten sollte, dass das Mädchen, das er neuerdings als *seine große Tochter* bezeichnete, unangemeldet auf dem Fußabtreter stand und in seine Wohnung reinwollte. Bis jetzt war ich seine einzige Tochter gewesen, also die größte und die kleinste in einer Person. Bis jetzt hatte ich auch noch nie meinen Vater mit Blumen und einer Flasche Sanddornsaft besucht, und das alles in Petrownas Begleitung.

Die Mitbringsel waren Petrownas Idee gewesen. »Schwangere brauchen Vitamine«, hatte sie gesagt. »Sonst saugt ihnen das Baby alles aus dem Gehirn. Und sie brauchen Saures. Meine Mutter hat immer Sanddorn gegessen, als sie mich erwartete. Und jetzt guck mich an.«

»Schon gut. Ich glaub's dir.« Ich schaute zu ihr hoch. Es

hatte gedauert, bis wir den blöden Sanddorn in einem Reformhaus gefunden hatten.

»Wozu denn auch noch die Blumen?«, fragte ich.

»Die schaden nie«, sagte Petrowna.

Den Strauß kauften wir beim Vietnamesen bei uns um die Ecke. Weil Petrowna die Besitzerin in ein Gespräch über die vietnamesische Schrift verwickelt hatte, kosteten die Rosen nur die Hälfte.

»Kimmi, mein Schatz. Und Kimmis beste Freundin.« Mein Vater zögerte erst, aber dann ließ er uns doch rein. »Wie schön, ich freue mich.«

»Arbeitest du gar nicht mehr?« Ich drückte mich an ihm vorbei in den schmalen Hinterhausflur.

»Ich mach heute Homeoffice. Zieht euch bitte die Schuhe aus.«

Ich kehrte zurück zur Garderobe und kickte die Vans von den Füßen. Petrowna stellte ihre Schuhe mit den hohen Absätzen ordentlich unter die Garderobe. Die waren neu, das heißt, sie waren eigentlich schon ziemlich abgetragen, aber neu in Petrownas Besitz – entweder ein Flohmarkt-Fund oder ein Erbstück aus der Familie. Dass Petrowna bei ihrer Größe überhaupt noch Absätze trug, machte mich fassungslos. Ich war froh, mit meinen 1,62 Metern bei den meisten noch als »die Kleine« durchgehen zu können.

»Tut mir leid«, sagte mein Vater. »Das ist neu bei uns, das mit dem Schuh-Ausziehen.« War da ein gereizter Unterton in seiner Stimme? War Alicia doch nicht perfekt?

»Mir ist das nicht neu.« Petrowna bewegte die Zehen in der

Nylonsocke. »Ich bin Asiatin. Bei uns sagt man, nur Barbaren betreten ein Haus mit Straßenschuhen.«

Ich räusperte mich. Musste sie das meinem Vater ins Gesicht sagen?

Sie streckte ihm die Hand entgegen. »Petrowna.«

»Wir kennen uns doch längst.« Mein Vater zog seine Finger eine Spur zu eilig zurück. Das mit dem Kennen war übertrieben – wegen der ganzen Verbote hatten Petrowna und ich es acht Jahre lang geschafft, unsere Freundschaft komplett außerhalb unserer Familien zu führen. »Aber Moment. Hießt du nicht früher anders?«

»Wann?«, fragte Petrowna gleichmütig.

»In der Grundschule.«

»Nein.«

»Machst du uns einen Kaffee, Papa?«, mischte ich mich ein. Ich wusste, dass Namen für Petrowna ein wundes Thema waren.

»Wo willst du hin?«, rief er mir panisch hinterher. Ich stand bereits auf Socken im Wohnzimmer, wo eine bleiche Alicia inmitten von vielen Kissen auf dem Sofa lag.

»Schön liegen bleiben, sonst fällt es noch raus«, sagte Petrowna hinter meinem Rücken.

Falls das eine Aufmunterung sein sollte, hatte es nicht funktioniert. Alicia sah sie entsetzt an.

Ich legte die Blumen neben Alicia auf die Couch, überlegte kurz und nahm sie wieder in die Hand. Schließlich war das hier keine Beerdigung. Die hatte Leah-Tina nur für Jasper eingeplant.

Ich wusste nicht, was ich zu Alicia sagen sollte. Wie sprach man mit Menschen, die ein winziges Baby im Bauch hatten? Hatten sie dann auch zwei Gehirne in einem Körper? Wer von den beiden dachte? Wer bestimmte, was getan wird?

Das alles war mir nicht geheuer.

Petrowna schien diese Schwierigkeiten nicht zu haben. Kein Wunder, wurden doch in ihrer Familie ständig Babys geboren, manchmal im Doppel- und Dreifachpack. Sie setzte sich zu Alicia auf die Couch.

»Ich bin die beste Freundin Ihrer Stieftochter«, sagte sie. »Ich heiße Petrowna.«

»Das ist doch kein richtiger Name«, sagte Alicia. Vermutlich war sie irritiert, dass sie nun als meine Stiefmutter galt.

»Sondern?« Petrowna zog eine Augenbraue hoch.

»Ein Vatersname.« Für einen Moment vergaß Alicia sogar, ihren Bauch zu streicheln. »Der Name, den man in manchen Ländern zusätzlich zum Vornamen bekommt. Der wird aus dem Vornamen des Vaters gebildet. Heißt dein Vater Peter?«

»Was für eine Überraschung«, sagte Petrowna. »Ich habe nicht damit gerechnet, dass sich hier jemand mit so was auskennt.«

»Woher kommst du?«, fragte Alicia.

»Aus Berlin«, sagte Petrowna. »Und du?«

»Aus Stuttgart.«

Und sie lächelten sich an.

In der Küche stand mein Vater und betrachtete ratlos die Sanddornflasche.

»Hast du dich etwa in Unkosten gestürzt?«

»Ja.« Ich streckte die Hand aus. Er seufzte und legte einen Zehner hinein. Aus dem Wohnzimmer kam zweistimmiges Lachen.

»Du hättest mich vorwarnen sollen.« Er deutete auf die Tür. »Vielleicht sind wir gerade nicht in der Verfassung für Besuch. Und dann noch *solchen* Besuch.«

»Was meinst du?«

»Nichts. Du solltest nur vorher Bescheid sagen, wenn du Fremde mitbringst.«

»Fremde?«

»Hat dieses Mädchen dich früher nicht immer verprügelt?«

»Das war in der ersten Klasse.«

»Aus meiner Perspektive ist es wie gestern.«

Ich war zu feige, um ihm zu sagen, dass es damals ich gewesen war, die mit dem Schlagen angefangen hatte. In der ersten Klasse war Petrowna auch noch kaum größer als ich. Ich hatte es einfach nicht ertragen, dass dieses komische Mädchen, dem meine Eltern eine düstere Zukunft prophezeiten, so viel schlauer war als ich. Wenn ich Petrowna nicht gerade über alles liebte, wollte ich sie am liebsten umbringen. Das war heute manchmal auch noch so. Sie hingegen hatte mich damals immer nur dann vom Stuhl gefegt, wenn ich ihren echten Vornamen benutzte. Auch das hat sich bis heute nicht geändert.

Natürlich hatten wir einen Grund für unseren Besuch. Als ich Petrowna eröffnet hatte, dass nur wenige Blocks die Wohnungen von Leah und meinem Vater trennten, schnalzte sie mit der Zunge.

»Schon wieder so ein Zufall, was?«

»Keine Ahnung«, sagte ich.

»Vielleicht kennt dein Vater sie.«

»Glaub ich nicht. Ich habe mich schon einmal mit ihm darüber unterhalten. Er verhielt sich dabei ganz unauffällig.«

»Und die Neue?«, fragte Petrowna.

»Was?«

»Seine neue Freundin – vielleicht geht sie jeden zweiten Sonntag mit Leah Eriksson zum Brunch und verrät ihr lauter Details über dich.«

»Ins Café Sehnsucht«, überlegte ich. »Vielleicht gehen die beiden zusammen ins Café Sehnsucht.«

»Wieso jetzt Café Sehnsucht?«

»Weil es dort den leckersten Schokokuchen zum Brunch gibt.«

»Aha«, sagte Petrowna. »Gut, dass wir das geklärt haben.«

Ich ließ meinen Vater in der Küche stehen und ging zurück zu Alicia und Petrowna. Sie fachsimpelten gerade über Geburten.

»Und wenn das Kind mit dem Kopf nach oben liegt«, sagte Petrowna, »dann lass dir auf keinen Fall einen Kaiserschnitt machen. Dann soll es so kommen, mit den Füßen voran.«

»Meinst du?« Alicia machte einen verängstigten Eindruck.

»Sicher. Meine drittjüngste Cousine ist so geboren. Im Taxi. Ich war dabei. Hat ihr nicht geschadet, obwohl sie ganz blau war, als sie aus dem Bauch kam. Sie ist jetzt vier und kann schon schreiben.«

Leider konnte ich nichts Fachmännisches zum Thema Babys in Taxis beitragen. Ich dachte stattdessen darüber nach, was ich in Leahs Buch gelesen hatte. Das Mädchen in dem Buch, das ich sein sollte, zickte die neue Freundin des Vaters ständig an. Beide waren beleidigt, hielten sich gegenseitig für doof, und immer mussten irgendwelche Leute zwischen ihnen vermitteln.

Beim Lesen hatte ich den Eindruck, dass man sich in dieser Situation gar nicht anders verhalten konnte. Inzwischen dämmerte mir, dass es durchaus anders ging. War es nicht umständlich, sogar langweilig, diese ganzen Umwege zu gehen, bis man sich endlich zaghaft annäherte? Im Gegensatz zu Leah konnte ich doch einfach gleich zum Wesentlichen kommen.

»Darf ich den Namen aussuchen?«, fragte ich deshalb ohne Umschweife.

»Wie bitte?«

»Den Namen. Für meinen Bruder.«

»Also, ich weiß nicht. Wir haben uns noch gar keine Gedanken darüber gemacht. Und wir wissen noch nicht, ob es ein Junge oder ein Mädchen wird.« Alicia suchte mit den Augen hilflos meinen Vater, der immer noch in der Küche war und sich wahrscheinlich grämte, dass er dort nicht rauchen durfte. »Aber du kannst auf jeden Fall Vorschläge machen.«

»Timur wäre cool«, sagte ich.

Petrowna fuhr herum und starrte mich an.

»Hübsch. Kommt auf unsere Namensliste«, sagte Alicia tapfer und biss sich auf die Unterlippe.

»Sie kennt Leah nicht«, sagte Petrowna noch auf der Treppe.

»Hast du sie gefragt?«

»Indirekt. Ich habe sie gefragt, ob die ganzen Bücher, die auf dem Boden rumlagen, ihr gehören.«

»Meinem Vater bestimmt nicht«, sagte ich.

»Aber Alicia liest gern. Und Leahs Name sagte ihr gar nichts.«

»Was heißt das für uns?«

Petrowna zuckte mit den Schultern. »Bist du dir immer noch sicher, dass das im Buch deine Gedanken sind?«

»Ja, Mann!«

Als wir die Treppe runtergingen, vibrierte mein iPhone. Es war eine Nachricht von Jasper: ein Fahrrad, ein Hund, ein Fragezeichen.

Ich erinnerte mich dunkel, dass ich einmal ein Fahrrad besessen hatte. Was ich damit angestellt hatte, war mir schon wieder entfallen. Damit gefahren vermutlich. Vielleicht eine Radtour mit meinen Eltern unternommen, irgendwann in der Grundschule, damit ich die Fahrradprüfung wenigstens beim vierten Mal bestand.

Ich durfte sonst nie mit dem Fahrrad fahren, weil es meiner Mutter zu gefährlich war. Und sie selbst hatte nie Zeit oder Lust, mich zu begleiten. In die Schule brachten mich meine Eltern die ersten Monate mit dem Auto, bis es mir zu peinlich wurde und ich eine Monatskarte verlangte, wie normale Menschen sie hatten.

»Hab ich ein Fahrrad?«, fragte ich meine Mutter, die im Blumenbeet in unserem Vorgarten hockte und Löcher in die Erde buddelte. In Leahs Buch begann sie, Blumensträuße zu binden. »By the way, was machst du da, Mom?«

»Wonach sieht es denn aus?« Sie hatte schmutzige Hände, das Haar fiel ihr in die Stirn, und als ich näher kam, sah ich eine Palette aus der Gärtnerei mit mickrigen Pflänzchen, die ihre Blätter hängen ließen. Dabei trug meine Mutter enge Leggings, was ich, Diät hin oder her, für keine gute Idee hielt.

»Ich hab dich noch nie an irgendwelchen Pflanzen rumfummeln gesehen.«

»Du hast so manches noch nicht gesehen«, brummte meine Mutter.

»Ein Fahrrad?«, versuchte ich es noch mal.

»Schau in der Garage nach.« Sie winkte mit der Schippe nach hinten und wischte sich mit der anderen Hand übers Gesicht. Sahen lustig aus, die schwarzen Streifen über der Nase.

Ich schaute in der Garage nach. Dort standen ein halbes Dutzend Fahrräder. Einige davon mussten einmal meine gewesen sein. Ich stieg versuchsweise auf das größte davon, meine Knie ragten dabei hoch auf wie bei einer Comicfigur. Das einzige in normaler Größe war ein albernes Damenrad mit einem riesigen Einkaufskorb. Sehr verführerisch. Aber ich wollte Jasper nicht verführen, ich wollte nur, dass er am Leben blieb.

Das Fahrrad war platt.

Ich steckte den Kopf aus der Garage. »Mama! Es ist platt!«

»Und?«, kam zurück. Ich ging wieder zum Fahrrad und drückte mit dem Daumen eine Delle in den Reifen. Dann schaute ich mir an, ob an einem der anderen Räder eine Pumpe angebracht war.

Das war tatsächlich der Fall. Ich nahm sie nachdenklich in die Hände und drehte sie hin und her. Ich würde doch wohl allein einen Reifen aufpumpen können, dachte ich. Das konnte ich Petrowna echt nicht erzählen, dass mir ein Reifen ohne Luft wie ein unüberwindbares Hindernis erschien. Ich verband irgendwie die Pumpe mit dem Ventil, es zischte und pfiff dabei, ich nestelte herum, kontrollierte den Anschluss und pumpte fleißig, bis ich Muskelkater bekam. Der Reifen wurde kaum praller. Vielleicht ein bisschen. Nach einer weiteren Viertelstunde beschloss ich, dass es genug war.

Ich brachte das Fahrrad aus der Garage und versuchte es möglichst unauffällig an meiner Mutter vorbeizuschmuggeln, bevor sie noch versuchte, mir einen Fahrradhelm aufzuzwingen. Aber als sie aufschaute, sagte sie keinen Ton. Sie fragte nicht einmal, wo ich hinwollte.

Ich stieg aufs Fahrrad und trat in die Pedale.

Das konnte meine Mutter nun doch nicht unkommentiert lassen.

»Ist ja ganz schön platt. Du machst mir noch die Felgen kaputt.«

So etwas Ähnliches sagte auch Jasper, als er mich mit dem Gefährt sah. Ich hatte geklingelt und vor seiner Haustür gewartet, bis er runterkam. Er hatte einen wolfsartigen Hund mit blauen Augen dabei, die mich fixierten, als wollten sie mich verzaubern. Dass er so einen Hund hatte, hätte ich nie gedacht.

»Darf ich den streicheln?«

Er nickte. Ich strich dem Hund über den grauweißen Hals. Er schaute mich aus seinen magischen Augen an.

»Wie hast du es mit diesem Teil überhaupt hierhergeschafft?« Jasper betrachtete das Fahrrad grinsend von allen Seiten.

»War schon ein bisschen holprig.« Ich versteckte die schmutzigen Hände hinter meinem Rücken.

Jasper holte eine Pumpe aus dem Keller, kniete sich vor mein Fahrrad und pumpte es mit wenigen Handgriffen auf. Keine Ahnung, was er anders machte als ich. Es war verblüffend. Um meine Verlegenheit zu überspielen, streichelte ich noch einmal den Hund. Jetzt sah er aus, als würde er mich auslachen.

Danach stiegen wir auf die Räder und fuhren in den Volkspark, wo Jasper den Hund auf einer Wiese spielen lassen wollte. Der Hund sah ihn an und legte sich unter eine Bank.

»Er ist schon alt«, sagte Jasper.

»Ich hätte jetzt auch keine Lust, hechelnd über die Wiese zu hopsen«, sagte ich.

Wir setzten uns auf eine Parkbank und schwiegen. Keine Ahnung, was Jasper gerade dachte. Aber ich fragte mich, warum er mich zu diesem Spaziergang eingeladen hatte. Wollte er noch einmal versuchen, mich rumzukriegen? Wollte er über unser Referat reden, das wir nie fertiggestellt hatten? Da ich darauf keine Antwort hatte, überlegte ich, ob es nicht das Allereinfachste wäre, Jasper direkt zu warnen.

Zum Beispiel so: »Hey, Jasper, ich hab ein Buch gelesen, in dem sich alles um mich dreht, du kommst auch drin vor und du stirbst. Also pass bitte auf. Du kennst das Buch übrigens schon.«

Super Idee.

»Sag mal, Jasper«, sagte ich. »Dieses Buch von Leah Eriksson, für unser Referat. Das hast du doch inzwischen fertig gelesen?«

Er nickte.

»Kam dir darin irgendetwas bekannt vor?«

Er runzelte die Stirn und sah mich fragend an. Der Hund hechelte unter der Bank.

»Meinst du was Bestimmtes? Weil es in Berlin spielt, oder wie?«

»Ja, genau. Aber es ist unwichtig«, sagte ich und stand auf. »Muss langsam heim. Wir reden ein andermal weiter.«

Der alte Husky lag unter der Bank, ließ die Zunge raushängen und lachte sich kaputt.

8

Ich war froh, dass Petrowna meine Freundin war und niemand sonst. Sie hatte so viel drauf, ich wurde immer wieder aufs Neue überrascht. Es war, als hätte sie schon zehn Leben gehabt und nichts von dem vergessen, was sie in jedem einzelnen gelernt hatte. Trotzdem hätte ich nicht gedacht, dass sie verschlossene Türen öffnen könnte.

»Krieg dich ein«, sagte Petrowna und steckte unsere blaue Mensa-Karte wieder in ihre Hosentasche. »Ich kann nicht jede Tür aufmachen. Aber dieses Schloss geht wirklich ganz easy. Was meinst du, wie oft ich zu Hause meinen Schlüssel vergesse.«

Bescheiden war sie eben auch. Dafür dachte sie an alles. Zum Beispiel daran, auf der Website des Verlages nachzuprüfen, wann Leah Eriksson auf Lesereise war. Der Website nach war Leah in einem bayerischen Kaff. Die Wohnung unterm Dach musste also leer sein. Trotzdem klopfte mein Herz, als Petrowna mit der Karte den Schlossriegel beiseiteschob. Die Tür quietschte auch noch laut.

Obwohl es Nachmittag war, wirkte die Wohnung dunkel

und gruselig. Es roch auch nicht sonderlich frisch. Eine Katze sprang miauend in den Flur.

»Mist«, sagte Petrowna.

»Wieso?«

»Irgendjemand wird das Vieh sicher füttern, während sie weg ist. Wir müssen uns beeilen.«

Leider wusste ich nicht genau, wonach wir suchten. Es war Petrownas Idee gewesen, sich Leahs Wohnung vorzunehmen. Spurensuche nannte sie es.

»Mach doch mal Licht an.« Mehr fiel mir nicht ein.

»Zu gefährlich«, zischte Petrowna. »Hast du noch nie Agentenfilme gesehen?«

Wir ließen nicht nur die Lampen aus, sondern auch die Vorhänge zu, und tapsten durch die muffige Höhle, immer wieder über Kram stolpernd. Allmählich gewöhnten sich unsere Augen daran. Die Katze folgte uns mit vorwurfsvoll leuchtenden Blicken. Ich fühlte mich unwohl. Irgendwas stimmte mit dem Tier nicht. Ich teilte meine Bedenken Petrowna mit.

»Was meinst du damit?«

»Vielleicht hat Leah ihren Ex-Lover in dieses Vieh verwandelt. Oder ihre frühere beste Freundin.«

»Oder eine nervige Leserin«, sagte Petrowna. »Red keinen Stuss. Sieht Leah etwa aus, als hätte sie Zauberkräfte?«

»Irgendwie schon.«

Zudem war sie ein Messie. Selbst die Küche hatte sie vor ihrer Lesereise nicht richtig sauber gemacht. Dabei war sie, das hatte Petrowna rausgefunden, fünf Tage am Stück in

Süddeutschland unterwegs. Aber sie hatte schmutzige Tassen in der Spüle und aus dem Geschirrspüler stank es. Auf der Fensterbank standen Töpfchen mit verkümmerten Kräutern.

»Am liebsten würde ich die Pflanzen gießen und die Spülmaschine einschalten«, sagte Petrowna und verzog die Nase.

»Stell dir dann Leahs Überraschung bei der Rückkehr vor.«

Wir wanderten kichernd in Richtung des Zimmers, das Leah offenbar als Schlafzimmer und Abstellkammer für zwei Wäscheständer diente. Auf den Wäscheständern baumelten ausgeblichene Teile, die einmal schwarz gewesen sein mussten. Währenddessen erzählte Petrowna, dass Schriftsteller grundsätzlich schlampig seien. Das hatte sie mal gelesen.

»Bei Harry Potter zum Beispiel macht sich die Autorin über alle lustig, die mal eine Oberfläche sauber wischen«, dozierte Petrowna. »Ich will nicht wissen, wie es bei ihr zu Hause aussieht.«

Ich zuckte mit den Schultern. Mir war das gar nicht aufgefallen. In den Harry-Potter-Filmen war Putzen kein Thema.

Wir flohen aus dem Schlafzimmer, vergrault vom Anblick von Leahs trocknenden BHs. Der nächste und kleinste Raum war genau das, was wir suchten. Jedenfalls leuchteten Petrownas Augen plötzlich wie die der Katze. Der Raum war so groß wie unsere Abstellkammer zu Hause und beherbergte einen schmalen Tisch mit einem Computer. Der wenige Platz auf dem Fußboden war von Kisten blockiert, aus denen ausgerissene Zeitungsseiten und irgendwelche Zettel quollen. An der Wand hing eine Korktafel, an die bunte Papierquadrate gepinnt waren. Petrowna wühlte sich kurz durch eine der Kisten, dann leuchtete sie mit ihrem Telefon auf die Tafel. Mit zusammengekniffenen Augen versuchte sie, Leahs Handschrift zu entziffern.

»Was ist das, ihre Einkaufslisten?«, fragte ich.

»Nee, Notizen zu irgendwelchen Leuten. Vielleicht für ihr nächstes Buch.«

Ich quetschte mich neben Petrowna, mit einem Fuß in einem Schuhkarton, in dem es knackte und knisterte. Auf den Papierquadraten an der Tafel stand lauter gruseliges Zeug. »Mädchen, 13, Mutter Krebs, Vater Alkoholiker.« »Junge, 16, zum ersten Mal unsterblich in einen anderen Jungen verliebt, der depressiv ist.« »Mädchen, 11, zieht in eine Großstadt und wird von allen gemobbt.«

»Was sammelt sie da?«

»Ideen«, sagte Petrowna. »Bedauernswerte Charaktere für ihr Buch.«

»Warum müssen ihnen so schreckliche Dinge passieren?«

»Weil alle lieber von schrecklichen Dingen lesen.«

»Ich nicht«, sagte ich.

»Doch, auch du. Bloß muss es am Ende gut ausgehen.«

Petrowna wandte sich von der Tafel ab und ließ sich auf dem Bürostuhl nieder. Sie schaltete das Notebook ein – es war bloß im Ruhemodus – und fluchte. »Natürlich hat sie hier alles mit einem Passwort gesichert.«

Sie tippte etwas ein, und Leahs virtueller Schreibtisch öffnete sich plötzlich, genauso zugemüllt wie der Rest der Wohnung.

»Wie hast du das geschafft?« Langsam glaubte ich, dass auch Petrowna Zauberkräfte hatte.

»Die Frau ist eitel wie alle Menschen. Sie würde entweder den Namen ihrer Katze oder ihr Pseudonym benutzen.«

»Und woher weißt du, wie ihre Katze heißt?«

Petrowna seufzte, als hätte ich etwas Dummes gefragt. Sie klickte sich durch die Dateien, scrollte über endlose Buchstabenreihen. Dann zog sie einen Stick aus der Tasche, steckte ihn ein und begann, die Texte rüberzuziehen.

»Was hast du damit vor?«

»Ich will das alles lesen.«

»Spinnst du?«

»Ich will wissen, ob sie auch was über mich hat.«

»Ist das etwa der Grund, warum wir hier sind?«

»Was dachtest du denn? Dass wir gekommen sind, um an ihrer Bettwäsche zu schnuppern?«

»Ich dachte, wir sind meinetwegen hier. Und wegen Jasper.« Ein wenig fühlte ich mich reingelegt.

»Sind wir ja auch«, sagte Petrowna. »Aber ehrlich, ich habe sowieso nicht damit gerechnet, hier etwas zu finden, was in deinem Fall helfen könnte. Hier gibt es offensichtlich nirgendwo Beweise dafür, dass Leah dich beobachtet hat. Hier liegt nicht mal ein Fernglas. Und an dieser Tafel gibt es auch kein Foto von dir, das sie heimlich geschossen hat. Sie hat offenbar alles, was sie schreibt, aus ihrem Kopf. Manchmal klaut sie eine Idee aus der Zeitung, aber über dich stand ja noch nie was drin. Ich will bloß schauen, ob sie noch andere Schicksale auf ihrer Festplatte abgespeichert hat.«

»Und wie willst du das rausfinden?«

»Zumindest mein eigenes würde ich erkennen«, murmelte Petrowna. »Oder meinst du, nur du bist spannend genug, um in einem Buch vorzukommen?«

Ich stand hinter Petrowna, schaute gefühlte Stunden zu, wie sie Datei um Datei auf den Stick zog, und fühlte mich völlig überrumpelt. Die ganze Zeit hatte ich die Sache mit dem Buch, in dem ich vorkam, für ein Ärgernis gehalten. Aber nun saß hier Petrowna, die offenbar der Meinung war, dass es viel mehr war als Pech. Zum allerersten Mal, seit wir uns kannten, schien sie mich um irgendetwas zu beneiden. Fand sie es etwa cool, in einem Buch vorzukommen? War das eine Auszeichnung? War ich dadurch die Berühmtheit, die ich schon im Kindergarten hatte werden wollen? Damals hatte ich mir das Dasein als Star allerdings anders vorgestellt: mit einem Krönchen auf dem Kopf und Schubladen voller Smarties. Alle würden ein Foto von mir wollen und mir Kuscheltiere schenken.

Stattdessen hatte ich zu Hause einen Kühlschrank voller Grünkohl und ein zunehmendes Spannungsgefühl im Kopf, das ich immer bekam, wenn ich zu viel nachdachte. Niemand wusste das so gut wie Petrowna. Sie konnte doch nicht ernsthaft davon ausgehen, dass es schön war, wenn jeder nachlesen konnte, dass du deine schmutzigen Socken manchmal in die Schublade deines Schreibtischs stopfst.

Leahs Notebook war ein altes, klobiges Teil wie aus dem letzten Jahrhundert. Es gab Töne von sich, als würde es gleich vor Überhitzung explodieren. Die Katze machte es sich in einer Kiste mit Zeitungsausschnitten bequem. Meine Hände zitterten vor Anspannung, als ich Petrowna auf die Schulter tippte. »Lass uns gehen.«

»Dann geh doch«, sagte Petrowna.

»Ich gehe wirklich.«

»Geh halt.«

Ich war fassungslos. Sie drehte sich nicht einmal um. Sie zog jedes noch so kleine Futzeldokument auf ihren Stick.

»Okay«, sagte ich. Ich machte einen Schritt über die Katze und lief Richtung Flur. Musste dazu durch das Schlafzimmer. Bereits von dort hörte ich, wie sich der Schlüssel im Schlüsselloch drehte.

»Petrowna«, rief ich heiser. »Da kommt jemand.«

Sie hörte mich natürlich nicht, dazu summte das Notebook viel zu laut. Ich fühlte mich wie in einem dieser Albträume, in denen man feststellt, dass man in Gefahr ist, und trotzdem nicht von der Stelle kommt. Ich konnte mich kaum rühren, meine Stimme versagte, das Herz klopfte irgendwo unter der Zunge.

Die Tür ging auf, Leah warf fluchend eine Reisetasche in den Flur, da stand ich bereits hinter der Schlafzimmertür. Offenbar war ich doch nicht so gelähmt, wie ich mich gefühlt hatte. Leah zog ihren Mantel aus und ging in die Küche. Dann wechselte sie abrupt den Kurs. Vielleicht hatte sie ihr Notebook hecheln gehört. Sie ging durch die Tür, hinter der ich stand, direkt auf die kleine Schreibkammer, auf Petrownas Rücken zu.

»Ertappt!«, rief Leah halb genervt, halb heiter. Offenbar hatte sie Petrowna im ersten Moment für jemand anderen gehalten. Jetzt, wo Petrowna sich endlich umdrehte, wich Leah zurück und tastete nach dem Telefon in ihrer Hosentasche. Aber sie kam nicht dazu, es rauszuholen. Ich stieß die Tür weg und stand mit einem Satz direkt hinter Leah, hob blitzartig einen dicken Wälzer, der zu meinen Füßen lag, hoch und ließ ihn mit ganzer Kraft auf Leahs Hinterkopf fallen.

So ein Buch ist niemals schwer genug, um jemanden k. o. zu schlagen, belehrte mich später Petrowna, anstatt mir für die kleine Verschnaufpause zu danken. Ich hätte einen Kerzenständer oder einen Briefbeschwerer nehmen sollen (woher bitte?), dann wäre Leah ausgeknockt gewesen und wir hätten fliehen können. Sie hätte sich vielleicht nie wieder an uns erinnert. Oder an sonst irgendwas.

Jetzt war sie dagegen bei vollem Bewusstsein und stinkwütend. Allerdings war sie nach dem Schlag ins Taumeln gekommen, sodass wir beide uns auf sie stürzen und sie mit einem Computerkabel fesseln konnten. Wahrscheinlich wäre es uns auch ohne meinen Hinterhalt gelungen, sie zu überwältigen, denn Leahs endlos lange Arme und Beine fühlten sich weich und nachgiebig an, als hätte sie nie etwas Schwereres gehoben als eine Computermaus. Petrowna war dagegen riesig und ich immer noch recht muskulös, obwohl ich schon seit vier Jahren nicht mehr turnte.

Nun saß Leah auf ihrem Bett, eine Socke im Mund, weil

sie es zuerst natürlich auch noch mit Gebrüll versucht hatte. Sie funkelte uns wütend an.

»Beruhigen Sie sich«, sagte Petrowna. »Wir müssen mit Ihnen reden.«

Leah gab Laute von sich, von denen nicht klar war, ob sie zornig oder jämmerlich klangen.

»Sie verstehen doch selbst, dass wir das Teil in Ihrem Mund lassen müssen, damit Sie nicht schreien«, sagte ich. »Wenn Sie versprechen würden, still zu sein …«

Leah und Petrowna sahen beide in meine Richtung. Petrowna tippte sich gegen die Stirn, das fand ich ziemlich unsolidarisch von ihr.

»Schlag doch was Besseres vor!«, rief ich. »Soll sie für den Rest ihres Lebens so dahocken, mit ihrer Stinkesocke im Mund? Und unsere Klasse hat bald einen Jasper weniger, was soll's? Dafür kannst du dich ja durch die ganzen Dateien lesen und gucken, ob sie dir irgendwelche Geheimnisse über dich verrät. Denn nur dafür sind wir ja in Wirklichkeit hergekommen.«

Leah drehte den Kopf zwischen uns und hin und her, dann schüttelte sie ihn ungehalten und schnitt Grimassen, sofern es die Socke zwischen ihren Zähnen zuließ. Und dann machte Petrowna etwas Unerwartetes: Sie streckte die Hand aus und entfernte das Teil mit einer Bewegung aus Leahs Mund. Das schien Leah mindestens so sehr zu überraschen wie mich. Jedenfalls war sie auf einmal ganz ruhig.

»Mein Mädchen hier hat recht«, sagte Petrowna. »Wir müssen mit Ihnen reden. Und Sie müssen uns antworten.

Das heißt, Sie müssen natürlich gar nichts. Aber reißen Sie sich doch bitte zusammen und helfen Sie uns. Und gehen Sie danach zur Polizei, wenn Sie wollen, mir doch egal. Die kennen mich eh.«

»Du stalkst mich doch schon seit der Lesung.« Leah deutete mit einem zitternden Zeigefinger in meine Richtung. »Und neulich bei Starbucks kamst du mir auch total gestört vor.«

»Das sagt ja die Richtige«, riefen Petrowna und ich gleichzeitig und fassten uns dabei automatisch an den Händen: ein altes Ritual aus der Grundschule, das wir schon fast vergessen hatten, weil es so lange nicht mehr vorgekommen war, dass wir das Gleiche im selben Moment aussprachen. Damals war es auch nicht gerade oft passiert, aber ab und zu schon, meist aus Versehen. Viel häufiger sagte Petrowna das Gegenteil von dem, was mir auf der Zunge lag. Und ich stimmte ihr dann zu, weil sie leider meist recht hatte.

»Wie seid ihr überhaupt hier reingekommen? Habt ihr was gestohlen?«, fragte Leah.

»Mensch, Frau«, sagte Petrowna. »Sie sind doch irgendwie Autorin. Warum stellen Sie so öde Fragen? Denken Sie halt, Sie hätten die Tür nicht richtig abgeschlossen. Und was an Ihrem Krempel soll so unglaublich wertvoll für uns sein?«

»Das Notebook?«, rätselte Leah etwas beschämt. »Geld?«

»Für das Geld, das Sie hier wahrscheinlich rumliegen haben, würde ich nicht einmal die Treppe zu Ihrer Wohnung hochlaufen«, sagte Petrowna hochnäsig. Dann deutete sie auf mich. »Ihr Vater ist sowieso stinkreich.«

»Ich glaube, jetzt nicht mehr«, wandte ich der Wahrheit halber ein. »Er kriegt ja ein Baby.«

»Babys futtern einem kein Geld weg, die reduzieren nur das Erbe«, beruhigte mich Petrowna und wandte sich wieder an Leah. »Was machen Sie überhaupt hier? Warum sind Sie nicht in Bad Dingsbums, wie es auf der Website steht?«

»Die haben wieder abgesagt. Die Website wird so selten aktualisiert«, sagte Leah mit missmutigem Blick. »Bindet mich los. Ihr seid doch beide komplett irre. Aber ich mag das. Lasst uns reden.«

Sie hat uns keinen Früchtetee angeboten und nicht einmal einen Schluck Wasser. War vielleicht auch besser so. Wer hatte schon Lust, aus ihren trüben Gläsern zu trinken. Aber sie rief auch nicht die Polizei und schrie auch nicht vom Balkon um Hilfe. Sie setzte sich auf ihr muffiges Bett, und wir traten etwas ungeschickt von einem Fuß auf den anderen, bis Petrowna sich kurz entschlossen ein Kissen vom Bett griff, es auf den Boden warf und sich daraufsetzte. Ich machte es ihr nach, aber ohne Kissen, denn für mich war keins mehr da.

Dann versuchte ich zu erzählen. Das war bisschen schwer. Ich war keine gute Erzählerin, noch nie gewesen. Das war einer der Gründe, warum ich mich in der Schule nie meldete. Wenn ich drei Sätze aneinanderreihte, guckten die meisten Leute irritiert und fingen an, sich irgendwo zu kratzen, als bestünden meine Worte aus Juckpulver. Wenn ich ein Referat halten musste, schrieb ich mir alles auf, jedes Wort, jede Zahl, selbst die Frage *Habt ihr noch Fragen?*.

Petrowna, die meistens mehr Geduld mit mir hatte, rutschte diesmal unruhig auf ihrem Kissen hin und her. Irgendwann hielt sie es nicht mehr aus und sie fasste meine Geschichte selbst zusammen. Ich fand das ziemlich unverschämt, dass sie sich mein Leben so krallte, nach allem, was Leah mir angetan hatte. Aber dann sah ich ein, dass Petrowna wie immer die besseren Worte gefunden hatte.

»So was habe ich ja noch nie gehört«, sagte Leah, als Petrowna fertig war. Ich hätte schwören können, dass sie jetzt verlegen war. »Ich meine, ich habe doch nur so einen typischen, bisschen schlichten Teenager konstruiert. Mit dem sich möglichst viele identifizieren können.«

War das wahr? Nannte sie mich gerade doof? Und durchschnittlich? Und Petrowna grinste auch noch dazu? Am liebsten hätte ich jetzt ihnen beiden den Wälzer auf den Kopf geschlagen.

»Außer mir hat sich immerhin keiner erkannt«, sagte ich stattdessen.

»Außer dir hat wahrscheinlich niemand das Buch gelesen«, sagte Petrowna. Dann wandte sie sich an Leah. »Wir sind ja nicht ganz bescheuert. Genau darüber haben wir uns schon unterhalten. Ich habe auch gesagt, dass da nichts drin ist, was persönlich sein kann. Aber sie besteht darauf, dass Sie haargenau ihr Leben beschrieben haben. Sie ist seitdem wirklich anders, glauben Sie mir, ich kann es beurteilen. Außerdem passiert ihr schon irgendwie das Gleiche wie in Ihrem Buch: Trennung der Eltern, Mutter auf Diät, Vater hat neue

Freundin, und dann plötzlich noch so ein kleiner Hosenscheißer.«

»Ich habe einfach das Übliche zusammengetragen«, sagte Leah. »Was daran ist bitte schön einzigartig?«

»Warum leugnen Sie es die ganze Zeit?«, schaltete ich mich wieder ein. »Wenn Sie das Leben anderer Leute nehmen und daraus ein Buch machen, ohne sie zu fragen, dann sind Sie ein Dieb. Aber Sie sind noch etwas Schlimmeres. Sie sind eine Mörderin. Sie töten nämlich nebenbei auch noch Jasper. Obwohl er Ihnen nichts getan hat.«

Leah kratzte sich im Nacken, dann erhellte sich ihr Blick und sie nickte.

»Stimmt, der blöde Wespenstich. Deswegen wolltest du schon einmal irgendwas von mir. Aber was heißt töten? Der Junge in meinem Buch ist eine literarische Figur. Ich habe ihn mir ausgedacht. Ich kann mit ihm machen, was ich will. Er heißt nicht einmal Jasper.«

»Das ist doch total arrogant! Sie können doch nicht alles tun, was Sie wollen«, platzte es aus mir heraus.

Leah fasste sich an den Kopf. »Wovon redest du? Es sind Buchstaben. Druckerschwärze. Ich habe mir alles ausgedacht. Es gehört mir.«

»Eben nicht!«

Wir waren beide lauter geworden und brüllten uns jetzt richtig an, Leah und ich. Dass ich sie beschimpfte, fand ich ganz logisch, schließlich hatte ich ihr wirklich etwas vorzuwerfen. Sie sollte wenigstens zugeben, dass sie mir mein Leben geklaut hatte. Aber warum beschimpfte auf einmal sie *mich*? Je länger ich hinhörte, desto klarer wurde mir, dass es gar nicht um mich ging.

»Seit meine Bücher in Schulen gelesen werden, kriege ich ständig irgendwelche bescheuerten E-Mails!«, brüllte Leah. »Die Leute sind nicht einmal in der Lage, meinen Namen richtig zu schreiben, wollen aber, dass ich für sie ihr Referat mache, und zwar sofort, denn vorgestern war der Abgabetermin. Und wehe, ich antworte nicht gleich, dann setzen sie eine fiese Rezension auf Amazon rein, wo dann auch ganz ehrlich drinsteht: Hat meine E-Mail nicht sofort beantwortet, ist doof, deswegen ist das Buch scheiße. Und ein Stern bei Amazon ist ein Stern bei Amazon. Die stellen mir Fragen, die ich in zig Interviews beantwortet habe, weil sie sich nicht die Mühe machen wollen, auch nur einmal zu googeln. Und wenn ich ihnen einmal alles zerkaut und aufgeschrieben habe, denkst du, die bedanken sich vielleicht? Grundsätzlich niemals! Aber die Allernervigsten sind die, die fragen, ob es zu irgendeinem Buch eine Fortsetzung geben wird. Das kommt jedes Mal. Ich mache aber nichts mit Fortsetzungen!«

Sie hielt an, um zu verschnaufen. Petrowna wandte sich angewidert ab. Sie konnte es nicht leiden, wenn jemand so ungehalten rumjammerte.

»Aber Sie müssen schon sehen, dass wir ganz anders sind als all die Leute, die so gemein zu Ihnen sind«, versuchte ich die aufgelöste Leah zu besänftigen. »Wir haben es uns nicht zu einfach gemacht. Wir haben sogar Ihre Lesereise gegoogelt und sind dann in Ihre Wohnung eingebrochen.«

»Stimmt, das muss man euch hoch anrechnen«, sagte Leah spöttisch. »Das ist mir noch nie passiert. Fast schon inspirierend. Und ihr siezt mich, als wäre ich hundert Jahre alt. Dabei könnte ich eure ältere Schwester sein.«

Petrowna und ich wechselten peinlich berührte Blicke. Wir wollten sie definitiv nicht duzen. Wir waren ja nicht bei H&M an der Kasse.

»Könnt ihr langsam wieder gehen?«, fragte Leah mit müder Stimme.

»Sie haben uns immer noch nicht geholfen«, erinnerte ich sie. »Wenn es nach Ihnen geht, soll Jasper immer noch sterben.«

»Wie stellst du dir denn meine Hilfe vor? Was soll ich machen?«

»Sie könnten Ihr Buch neu schreiben. Ohne den Todesfall.«

Leah verdrehte die Augen. »Selbst jemand wie du müsste endlich begreifen, dass so etwas einfach nicht geht. Ich könnte zwar alles Mögliche in meinen Computer tippen. Aber niemand würde es als Buch drucken, denn das ist ja bereits erschienen.«

»Sie können nachträglich nichts ändern?«

»Gar nichts. Null.«

»Dann vielleicht wenigstens eine Fortsetzung? Die zeigt, dass der Todesfall nur ein … Missverständnis war, oder so? Also auf jeden Fall nicht echt? So was gibt es doch oft.«

Leah stöhnte.

»Es war ein Fehler, Sie loszubinden«, sagte Petrowna. »Wir hätten Sie an Ihren Computer fesseln und erst wieder losbinden sollen, wenn Sie etwas geschrieben haben, was Jasper rettet.«

Leah machte einen Satz hinter ihr Bett und richtete sich wieder auf, einen Besenstiel in der Hand. In der anderen hielt sie ihr Telefon.

»Schon okay«, sagte Petrowna. »Wir tun Ihnen nichts. Man kann bei Ihnen ja ohnehin nichts erreichen. Und wegen so was wie Ihnen wollte ich Schriftstellerin werden.«

»Was?!«, rief ich.

»Lass es lieber.« Leah schwang zur Bekräftigung den Besen. »Lern was Anständiges. Geh kellnern.«

Petrowna wieherte. Dann kam sie an meine Seite und reichte mir die Hand, um mich hochzuziehen.

»Komm, Schatz. Hier werden wir nichts erreichen.«

Ich rappelte mich auf. Wir verließen die Wohnung, ohne uns noch einmal umzudrehen. Erst als wir auf der Straße waren, begannen meine Knie zu zittern. Einmal musste ich mich sogar auf ein Mäuerchen setzen. Es fühlte sich an, als wäre ich gerade fünf Runden durch den Park gejoggt.

Dann bog auch noch ein Polizist um die Ecke und am liebsten hätte ich mich vor Schreck hinter dem Mäuerchen zusammengekauert. Noch lieber hätte ich geschluchzt wegen der Ungerechtigkeit dieser Welt. Aber der Polizist ging in eine ganz andere Richtung, er trug einen Kaffeebecher in der Hand und pfiff vor sich hin. Petrowna neben mir war ganz nachdenklich und still. Ich hatte das Gefühl, sie war irgendwie nicht bei mir, sondern ganz woanders.

9

Die nächsten Tage geschah gar nichts. Aber ich lauerte die ganze Zeit darauf, dass etwas passieren würde. Es konnte ja nicht einfach so weitergehen, nachdem ich in eine Wohnung eingebrochen war. Als einmal der Postbote bei uns an der Tür klingelte, überlegte ich ernsthaft, aus dem Fenster meines Zimmers zu springen und wegzulaufen, bis ich das gelbe Postauto gesehen und kapiert hatte, dass es nicht die Polizei war, die mich abholen wollte. Auch das Klingeln des Telefons versetzte mich jedes Mal in Panik.

Ich hatte, wurde mir dabei klar, noch nie etwas wirklich Verbotenes getan. Ich hatte einfach zu große Angst vor Strafen. Immerhin: In Leahs Buch war von einer Verhaftung nicht die Rede. Andererseits konnte Leah nicht alles vorhergesehen haben, schließlich endete mit dem Buch nicht auch noch mein Leben. Nach Jonathans Tod musste ich, wie auch das Mädchen im Buch, allein weiter.

Was wäre eigentlich gewesen, wenn ich es nicht gelesen hätte? Hätte es dann trotzdem mein Leben beschrieben? Hätten mir dann einfach nur die Hinweise gefehlt, die über mein

Leben und Jaspers Tod entschieden? Und gab es womöglich irgendwo auf der Welt Bücher, die mein Leben weiter beschrieben? Musste ich mich jetzt durch sämtliche Buchhandlungen lesen, um mehr über mich zu erfahren?

Diese Fragen machten mich verrückt.

Dieses eine Buch hatte jedenfalls mein ganzes Leben auf den Kopf gestellt. Obwohl von außen betrachtet alles seinen normalen Gang nahm, fühlte sich jeder Schritt anders an. Die Sache mit Jasper quälte mich weiter. Seit ich ihn zusammen mit seinem Hund gesehen hatte, wurde mir beim Gedanken an Wespen und Bienen richtig übel.

»Vielleicht wäre es besser gewesen, mich von Anfang an von ihm fernzuhalten«, sagte ich zu Petrowna. »Jetzt kenne ich ihn besser und das macht alles noch schwieriger.«

»Die meisten Menschen profitieren von zusätzlichen Informationen«, sagte Petrowna mit ihrer Schlaumeier-hält-Referat-im-Ethikunterricht-Stimme. »Was weißt du denn überhaupt über ihn?«

»Dass er in jeder Situation grinst und ein Fahrrad aufpumpen kann«, sagte ich. Dass er das besonders geschickt gemacht hatte, sodass ich die ganze Zeit seine Hände anstarren musste, behielt ich für mich.

Schade, dass wir nicht einfach befreundet sein können, dachte ich. Stattdessen hatte ich in meiner Not beschlossen, ihm künftig aus dem Weg zu gehen, und rannte jedes Mal davon, sobald er auf mich zusteuerte.

Und was tat er, nachdem ich mich ihm gegenüber seit Wochen wie eine Geistesgestörte benommen hatte? An einem

Donnerstag kam er in der Pause zu meinem Tisch, entschuldigte sich freundlich bei Petrowna, mit der ich mich gerade unterhielt, und fragte, ob er mich unter vier Augen sprechen könnte. Unter Petrownas aufmerksamem Blick folgte ich ihm in den Flur und lehnte mich dort gegen eine Wand, die wir in der Weltfrieden-Projektwoche mit Kindern unterschiedlicher Hautfarben bemalt hatten.

»Was ist?«

»Bist du okay?«, fragte Jasper leise.

»Wie bitte?«

»Ich will dir nicht zu nahe treten, aber ist bei dir alles in Ordnung?«

Ich konnte es kaum fassen. »Hast du mich gerade gefragt, ob bei mir alles in Ordnung ist?«

Er zuckte mit den Schultern. »Wenn du mir damit sagen willst, dass es mich nichts angeht, verstehe ich das voll und ganz.«

»Nein, das meine ich nicht«, murmelte ich verlegen. Ich konnte ihm ja schwer mitteilen, dass ich umgekehrt jeden Grund hatte, mir Sorgen *um ihn* zu machen.

»Du verhältst dich seltsam«, sagte er.

»Ich bin eben seltsam.«

»Nein. Du bist anders seltsam als früher. Wollen wir uns mal wieder treffen? Orphan Black weiterschauen?«

Es war alles so schwer. Ich mochte ihn, wirklich. Aber Leah hatte es vermasselt – ohne ihr Buch hätte ich bestimmt ganz anders reagiert.

»Ich leihe dir die DVD aus«, sagte ich brüsk. »Ich kenne alle

Folgen auswendig. Und du bist bestimmt nicht der Typ, der sie illegal runterlädt.«

Er grinste, gar nicht enttäuscht. »Wir haben Netflix. Aber danke.«

Und um alle romantischen Gefühle im Keim zu ersticken, sagte ich: »Jetzt muss ich aber echt aufs Klo. Ganz dringend.«

Am Dienstag darauf war ich direkt nach der Schule an ihr vorbeigegangen, bis sie meinen Namen rief. Schlimmer noch, nicht meinen, sondern den Namen des Mädchens aus dem Buch. Leah stand unter einer Laterne und schaute auf mich herab.

»Entschuldige«, sagte sie. »Ich habe mir nicht gemerkt, wie du richtig heißt. Das klang so gekünstelt und kompliziert, das hätte mir kein Lektor durchgehen lassen.«

»Wie haben Sie mich gefunden?«

»Du bist doch meine Erfindung, da werde ich doch wohl deine Schule kennen?« Sie lachte, während ich eine Gänsehaut bekam.

Sie musste meine Reaktion bemerkt haben. »Entspann dich. Das war ein Spaß. Hab bei der Stadtteilbibliothek nachgefragt, welche Klasse damals in meiner Lesung war. Ich hätte auch direkt vor der Klassentür auf dich warten können.«

Ich war überfordert. Mir fehlte Petrowna, die krank zu Hause hockte. Wie redete man mit Menschen, die man schon einmal mit einem Computerkabel gefesselt und einer Socke geknebelt hatte?

»Park?«, fragte Leah. Ich nickte. Wir liefen Seite an Seite genau den Weg, den ich sonst mit Petrowna ging. Ich sagte nichts. Ich vertraute darauf, dass Leah bald damit rausrücken würde, was sie von mir wollte.

»Hör mal.« Wir saßen auf einer Bank und sie druckste immer noch rum. »Mir geht die Sache mit euch nicht aus dem Kopf. Für mich ist das alles irgendwie sehr speziell.«

Ich schaute sie nur stumm an. Was dachte sie denn, wie es für *mich* war? Erwartete sie mein Mitgefühl?

»Versuch du doch mal, dich in mich hineinzuversetzen.« Leah war offenbar schon wieder entschlossen, auf die Tränendrüse zu drücken. Waren alle Autoren solche Jammerlappen? »Du schreibst seit sieben Jahren Bücher, weil es mit einem richtigen Job nicht klappt. Kaum jemand liest sie, aber es läuft irgendwie. Manchmal gibt es eine Lesung, und dreimal die Woche will einer, dass du sein Referat über dein eigenes Buch für ihn machst. Und dann kommt ihr. Erst verfolgt ihr mich, dann brecht ihr bei mir ein, tut mir Gewalt an und erzählt wirres Zeug.«

Ich schwieg.

»Wo ist eigentlich deine Freundin?«, fragte Leah. »Die Große, mit dem Migrationshintergrund?«

»Blasenentzündung.«

Leah lächelte verträumt. »Ich hätte über sie schreiben sollen. Sie gibt so viel her.«

Nur über meine Leiche, dachte ich. Laut sagte ich: »Davor kann ich nur warnen.«

»Kannst du sie bitten, sich bei mir zu melden? Ich könnte eine ganze Serie über sie anlegen.«

»Haben Sie mich nicht gehört?« Ich wurde lauter. »Petrowna fällt von klein auf jede Sekunde ihres Lebens auf. Sie braucht Ihre elende Serie nicht.« Wäre noch schöner, wenn Petrownas Gesicht an allen Litfaßsäulen kleben würde und ich sie um ein Autogramm von Elyas M'Barek anbetteln müsste, mit dem sie als neue Berühmtheit immer zum Lasertag gehen würde.

»Denk doch nur an eine mögliche Verfilmung …« Leah schloss versonnen die Augen, völlig unempfänglich für meine inneren Bedenken. »Weißt du, manchmal gehen mir die Ideen aus und die Lust aufs Schreiben sowieso. Und dann kommt so jemand wie sie … und ich könnte sofort loslegen.«

Sie hätte sicher noch weitergeredet, wenn nicht gerade Jasper an uns vorbeigeradelt wäre. Beziehungsweise hätte vorbeiradeln sollen. Stattdessen stieg er ab und fragte mich nach den Hausaufgaben. Ob wir in Mathe die 8a oder die 8c machen sollten.

Das war bestimmt ein Witz, denn so etwas wusste er zuverlässig besser als ich. Ich wusste nicht einmal, dass wir überhaupt etwas aufhatten. Ich sagte trotzdem, ich würde ihm alles über WhatsApp schicken, damit er schnell weiterfuhr. Tat er aber nicht. Warf Leah neugierige Blicke zu, offenbar hatte er sie von der Lesung erkannt. Bevor er sie noch ansprach, trat ich leicht mit der Fußspitze gegen sein Vorderrad: »Und tschüs.«

Endlich war er weg. Und hatte es davor noch geschafft,

sich mehrmals nach uns umzudrehen. »Das war übrigens Jasper«, sagte ich. »Bei Ihnen Jonathan. Den Sie auf dem Gewissen haben. Wie viel Zeit hat er eigentlich noch genau?«

Leah sah ihm nachdenklich hinterher.

»Es gibt Autoren, die behaupten, dass ausgedachte Ereignisse aus ihren Büchern tatsächlich wahr werden«, sagte sie.

»Hätten Sie was Schönes geschrieben, könnten Sie jetzt ein reines Gewissen haben.«

»Kein Meisterwerk kommt ohne Todesfälle aus«, schnappte Leah. »Willst du etwa alle Autoren vor Gericht bringen?«

»Die mit den Meisterwerken sind doch schon tot«, sagte ich. »Jetzt sind nur noch so Leute übrig wie Sie.«

»Guck *dich* doch an.« Leah klang so eiskalt, dass ich ihr den Mord an hundert unschuldigen Robbenbabys zugetraut hätte. »Du sitzt hier rum und klagst alle an, ohne auch nur einen Finger zu rühren. An allem, was dir passiert, soll ich schuld sein. Ist das vielleicht eine Haltung?«

»Wenn es doch wahr ist.«

»Dann jammer weiter und lass mich in Ruhe.«

»Ich jammere? Und Sie? Sie spionieren mir hinterher, um mir das vorzuwerfen?«

»Unsinn«, sagte Leah. »Ihr habt mich doch zuerst verfolgt und könnt froh sein, dass ich euch nicht angezeigt habe. Aber eigentlich wollte ich dir etwas ganz anderes sagen. Es gibt nämlich nur eine einzige Sache, die du tun kannst, um deinen Jasper zu retten.«

Er ist nicht mein Jasper, wollte ich sagen, fragte aber stattdessen: »Und die wäre?«

»Das Mädchen im Buch interessiert sich nicht für Jonathan. Du interessierst dich nicht für Jasper, deswegen gehst du davon aus, dass Jasper Jonathan ist. Du musst also aus Jasper einen ganz anderen machen. Einen, der im Buch gar nicht vorkommt und mit dem die Dinge aus dem Buch nichts zu tun haben. Der demzufolge auch nicht stirbt, anders als der Junge aus meinem Buch.«

Mir war nicht ganz klar, wie sie das meinte. Leah hatte zu komplizierte Ideen – vielleicht schrieb sie deswegen Bücher. Petrowna hätte sie bestimmt verstanden.

»Ich kapiere nicht, was ich tun soll.«

»Denk nach. Die Sache ist einfach: Fang was mit Jasper an. Knutsch meinetwegen mit ihm rum. Soll er dein Freund werden. Der Jonathan im Buch, der mit dem schweren Schicksal, hätte nie die Chance gehabt, mit der Protagonistin Händchen zu halten. Verstehst du jetzt? Spreng den Rahmen der Handlung, erfinde eine eigene. Dann bist du frei.«

»Wie jetzt?«

Leah verdrehte die Augen.

Dabei hatte ich es genau verstanden. Ich hatte nur so blöd reagiert, um ihr nicht an die Gurgel zu gehen. Denn sie hatte mir eine besonders fiese Falle gebaut.

10

Es war lange her, dass ich das letzte Mal geweint hatte. Einmal war mir mein iPhone ins Klo gefallen, aber da hatte ich die Tränen gerade so zurückhalten können. Als Papa auszog, tat ich meiner Mutter nicht den Gefallen, ähnliche Szenen aufzuführen wie sie. Ich war höflich und stolz und ich wünschte ihm alles Gute. Meine erste Sechs in Deutsch lag auch schon viele Jahre zurück, ich erinnerte mich aber an ein Kribbeln unter den Augenlidern und einen dicken Kloß im Hals. Aber geheult habe ich da nicht. Obwohl, doch. Auf der Toilette.

Entsprechend erschrocken reagierte Petrowna auf meinen Gefühlsausbruch in ihrem winzigen Zimmer, das sie mit ihren beiden kleinen Brüdern teilte. Nicht einmal auf die Rotznasen nahm ich Rücksicht. Die hingen sowieso beide über einem herumballernden Telefon und ballerten mit den Lippen mit.

Petrowna mochte keinen Besuch zu Hause, nicht einmal von mir. Genauer gesagt: schon gar nicht von mir. Und eigentlich durfte ich sie ja gar nicht besuchen. Diesmal nahm ich aber keine Rücksicht darauf. Und sie erkannte den Ernst der Lage, ließ mich rein, suchte ein Taschentuch, fand keines und reichte mir eine halbe alte Unterhose, die ihre Mutter, wie Petrowna sich zu erklären beeilte, zum Staubwischen benutzte und regelmäßig im Kochwaschgang wusch.

»Das ist so unfair!« Ich wischte mir die Augen mit der halben Blümchenunterhose trocken. »Sie denkt sich den Scheiß aus und ich muss es wiedergutmachen. Jetzt will sie schon darüber bestimmen, mit wem ich zusammen bin. Was verlangt sie von mir? Soll ich ihr meine Seele verkaufen und mich in Jaspers Arme schmeißen? Obwohl ich nicht will?«

»Nicht verkaufen. Verschenken«, sagte Petrowna. »Das Einzige, was du zurückbekommst, ist das gute Gefühl, alles versucht zu haben.«

Ich wusste nicht, ob es mir das wert war.

»Sssssss«, summte einer von Petrownas Brüdern plötzlich über dem Handy, so täuschend echt, dass ich kurz davor war, ein unsichtbares Insekt abzuwehren.

Jasper richtete gerade seine Fahrradkette, als ich über seine Tasche stolperte. Ich wollte nicht gleich auf ihn fallen, ich wollte ihn nur irgendwohin einladen. Beziehungsweise musste. Wie machte man so was?

»Willst du ins Kino oder zu Starbucks?«, fragte ich ohne Umschweife.

Er schaute zu mir auf.

»Wieso?«

»Einfach so. Du hattest mich doch auch schon mal eingeladen.«

»Wir müssen es nicht aufrechnen.« Er richtete sich auf, jetzt konnten wir uns in die Augen schauen. Ich zwang mich, den Blick auszuhalten. Er grinste.

»Das sieht jeder. Du bist hinter mir her.« Ich versuchte, es wie einen Witz klingen zu lassen.

Er grinste noch breiter. »Wenn du meinst.«

Immerhin bestritt er es nicht. Dass er sich jetzt aber zierte, war so unnötig wie anstrengend. Da war ich schon dabei, sein Leben zu retten, und was machte er? Lachte mich aus. Wollte, dass ich um ihn herumtanze. Wollte überredet werden.

Nach der Schule gingen wir mangels besserer Ideen einfach in den Park, er schob sein Fahrrad, ich lief neben ihm, das Pedal schlug mir dabei immer wieder gegen die Wade. Ich überlegte, worüber ich mit ihm reden sollte. Es war so viel anstrengender, mit ihm zu reden als mit Petrowna. Ich musste mir irgendwas einfallen lassen, damit er sich nicht langweilte und mich nicht stehen ließ. Diesmal hatte er nicht einmal seinen Hund dabei, den ich hätte streicheln und über den ich hätte reden können.

Wir setzten uns unter eine Kastanie auf Jaspers Jacke. Das mit der Jacke war nett, mit Petrowna hatte ich ständig einen nassen Hintern, weil keine von uns ein Kleidungsstück opfern wollte.

»Eigentlich doof, dass wir das Referat nie gehalten haben«, sagte Jasper.

»Wir haben es nicht einmal fertig gekriegt«, sagte ich.

»Auch doof.«

»Nee. Find ich nicht«, sagte ich. »Das Buch hat nur genervt.«

Jasper zuckte mit den Schultern. »Stimmt, ich habe schon Spannenderes gelesen.«

Dass ein Junge überhaupt las, war mir neu. Kleine Jungs rannten in meiner Welt bislang schreiend rum wie Petrownas Brüder, große luden sich Videos mit nackten Mädchen herunter, die dazwischen ballerten auf dem Handy.

»Was machst du gern?«, fragte ich Jasper. »So überhaupt? Aber sag jetzt nicht lesen.«

»Ich mag Kino«, sagte Jasper. »Ich mach Musik, Gitarre und Klavier. Ich kümmere mich um meinen Hund. Manchmal mache ich auch am liebsten gar nichts. So wie jetzt.«

Dass er die Zeit mit mir als »gar nichts« bezeichnete, störte mich. Schließlich war er doch derjenige, der etwas von mir wollte. Leahs Buch war da ganz eindeutig gewesen. Um dieses »gar nichts« nicht auf mir sitzen zu lassen, drehte ich mich zu Jasper und überlegte, ob ich seine Hand nehmen wollte. Dann fiel mir ein, dass ich schmutzige Fingernägel hatte und dass das peinlich werden könnte, denn seine Nägel – ich schielte in deren Richtung – waren sauber.

Was hätte ich noch tun sollen? Ich seufzte, rückte näher an Jasper heran, schloss die Augen und küsste ihn auf den Mund.

Danach wusste ich, was ich längst geahnt hatte: In Filmen wird Küssen gnadenlos überbewertet. Da löst ein Kuss fast immer irgendwas aus. Verbrechen werden aufgedeckt, Familien auseinandergerissen, Kriege erklärt und Freundschaften zerstört.

Durch meinen Kuss passierte nichts. Es war vielleicht keine gute Idee, aber immerhin war es meine eigene Idee und nicht Leahs. Ich hatte ein Ziel. Ich wollte Jasper vor seinem Schicksal retten, ihn aus der Rolle des Jungen befreien, der mich nicht interessierte und sterben musste.

Nach dem Kuss war aber alles genauso wie vorher. Ich hatte immer noch nichts gegen Jasper. Aber auch nichts für ihn. Zum Glück waren seine Lippen fest und verschlossen. Es war nicht so eklig und feucht wie der Kuss, den ich mir aus Versehen bei der Abschlussparty im Schullandheim zugezogen hatte. Jasper war in Ordnung und sein Dauergrinsen süß.

Bloß war ich nicht in ihn verliebt. Ich hatte keine Lust, ihn jemals wieder zu küssen, ihn anzuschauen, mit ihm zu reden und überhaupt weiter so angestrengt an ihn und seine gefährdete Zukunft zu denken. Ich hatte keine Schmetterlinge im Bauch. Genau wie Leah es geschrieben hatte: *Keine Schmetterlinge, keine Libellen, nicht einmal eine mickrige Stubenfliege.* Die Kastanie, unter der wir saßen, fiel nicht um. Der Himmel blieb auch, wo er war. Alles war normal. Küssen war bestenfalls langweilig.

Jasper sah mich nicht an. Ich schaute auf sein Profil, durchaus hübsch, jedenfalls nicht hässlich. Er dachte über irgendwas nach.

»Was denkst du?«, fragte ich.

»Ich wundere mich«, sagte er. »Ich verstehe dich nicht. Warum tust du das? Ist dir langweilig?«

Mir war alles andere als langweilig. Und wenn er dachte, dass mit ihm zu knutschen hohen Unterhaltungswert hatte, dann täuschte er sich.

»Ich kann es auch lassen, wenn es dir nicht gefällt«, sagte ich, mit einem Hauch Hoffnung, dass wir jetzt Streit bekamen und uns eine Weile aus dem Weg gingen. Das würde mir immerhin eine willkommene Zwangspause verschaffen.

»Ja, bitte lass das«, sagte Jasper. »Ich merke doch, du bist auf irgendwas aus. Irgendwas kommt mir seltsam vor.«

»Blitzmerker«, sagte ich. »Dann geh und knutsch deinen Hund.«

Ich stand auf, trat auf seine Jacke und ging davon.

Die Eingangstür stand offen, ich konnte ungehindert in Leahs düsteren Hausflur rein und die Treppe hoch. Ich klopfte, bereit, notfalls mit den Fäusten zu hämmern. Aber Leah öffnete schon beim ersten Klopfen. Sie stand im Schlafanzug da, die Haare waren zu einem Knoten zusammengebunden und gaben den Blick auf ihr hageres, missgelauntes Gesicht frei.

»Guten … äh … Nachmittag«, sagte ich.

»Ich bin Schriftstellerin«, sagte Leah. »Ich kann rumlaufen, wie ich will.«

»Ich hab doch gar nichts gesagt.«

»Aber du wolltest.« Sie ließ mich rein. »Schuhe ausziehen.«

Obwohl ich Angst hatte, mir die Socken schmutzig zu machen, gehorchte ich. Immerhin rechnete ich ihr hoch an, dass sie mich überhaupt reinließ, obwohl sie sicher keine schönen Erinnerungen mit mir in ihrer Wohnung verband.

Sie drehte mir – wie mutig von ihr! – den Rücken zu und ging in die Küche. Ich trabte hinterher. Die Katze schlief im Obstkorb und sprang erst heraus, als Leah mit Gläsern zu klimpern begann.

»Ich brauche nichts«, sagte ich schnell. Leahs Geschirr sah immer noch speckig aus.

»Aber ich.« Sie schenkte sich ein halbes Glas aus einer Karaffe ein und deutete auf einen Stuhl. »Sei mein Gast.«

Ich setzte mich. Dass sie neuerdings so aufgeschlossen war, hatte sicher nichts Gutes zu bedeuten.

Sie trank einen Schluck, verzog das Gesicht und kippte das Wasser ins Spülbecken.

»Lebt er noch?«, fragte sie beiläufig.

»Ja. Es ist noch nicht Juni. Und es ist kalt. Hab keine einzige Wespe gesehen.«

»Was lässt dich denken, dass es dieses Jahr passieren muss?«

Dass ausgerechnet sie mich das fragte!

»Es ist doch Ihr Buch. Wie haben Sie es denn gemeint? Erst in einem Jahr? Später?«

Sie runzelte die Stirn. »Nee, das ist ja schon linear erzählt.«

»Was?«

»Am Stück. Größere Abstände zwischen den Ereignissen habe ich, glaub ich, nicht vorgesehen.«

»Sie wissen nicht mal, was Sie sich einmal gedacht haben, und jetzt muss ein Mensch dran glauben! Ihre Geschichte ist genauso schlampig wie Ihre Wohnung!«

»Hey«, sagte Leah. »Du kannst gern ein bisschen netter sein. Ich habe dich aus purer Freundlichkeit reingelassen.«

»Nein«, sagte ich. »Aus schlechtem Gewissen.«

Immerhin stritt sie es nicht ab. Also erzählte ich ihr von meinen Bemühungen, Jasper eine andere Rolle zuzuweisen und ihn damit zu retten. Sogar von dem Kuss im Park erzählte ich ihr.

Sie hörte aufmerksam zu.

»Wie süß«, sagte sie. »Wie romantisch.«

»Gar nicht!«, explodierte ich. »Das Beste, was sich darüber sagen lässt, ist: Es war nicht eklig!«

»Also hat es nicht gefunkt zwischen euch zwei Turteltauben.«

»Nicht mal ansatzweise. Genau wie in Ihrem Buch.«

»Vielleicht küsst du nicht gut genug.«

Vielleicht ist Ihre Geschichte eben nicht gut genug, wollte ich sagen, murmelte aber stattdessen: »Können Sie mir nicht irgendwie anders helfen?«

Sie seufzte. »Weißt du, es schmeichelt mir, dass du so entschlossen bist, eine gute Fee in mir zu sehen. Aber das bin ich nicht. Das Einzige, was ich kann, ist Bücher schreiben. Und wahrscheinlich nicht einmal das besonders gut.«

Sie schaute deprimiert aus dem Fenster. »Ich habe mir schon immer gewünscht, dass mir jemand sagt, mein Buch hat sein Leben verändert. Aber an so was wie dich habe ich nicht gedacht. Manchmal beschweren sich Leute, wenn sie sich in meinen Romanen wiedererkennen, aber dein Problem ist wirklich total neu.«

Mir kam es so vor, als wäre sie froh, endlich jemanden zum Reden zu haben. Sie war bestimmt schrecklich einsam.

Ihre Wohnung sah nicht aus, als ob hier öfters Leute zu Besuch vorbeikämen. Sie saß bestimmt immer allein da und tippte ihre Geschichten in den Computer, und ab und zu ging sie in eine Bibliothek und las vor Klassen, die dabei in den Nasen bohrten oder mit offenen Augen schliefen. Leah Eriksson war der lebende Beweis dafür, dass Menschen anständige Berufe brauchten, irgendwas mit Medikamenten oder Motoren.

»Also, was ist jetzt mit mir?«, erinnerte ich sie an meine Gegenwart und an mein Problem.

»So, Mädchen, diesen Zahn muss ich dir endgültig ziehen«, sagte sie. »Jetzt mal ein für alle Mal: Ich kann nichts für dich tun. Bücher lassen sich nicht umschreiben. Ich sauge mir deinetwegen auch keine Fortsetzung aus den Fingern, die Jonathan wieder auferstehen lässt. Das wäre schon im Buch total unglaubwürdig und im Leben erst recht. Es gibt nur eins, was du tun kannst. Das habe ich dir schon erklärt. Du willst nicht, dass das im Buch deine Geschichte ist? Dann leb eine andere. Mach dir deine eigene Geschichte. Befrei dich. Mach das Gegenteil von dem, was drinsteht.«

»Das habe ich doch versucht«, sagte ich. »Denken Sie, es ist einfach, mit jemandem zu knutschen, in den man nicht verliebt ist?«

»Du hast es nicht wirklich versucht. Du hast gedacht, dass du durch deine geheuchelten Küsschen das Schicksal eines anderen ändern kannst. Du wolltest sein Leben ändern. Das kannst du vergessen. Das Einzige, was du ändern kannst, bist du selbst.«

Ich zwängte mich in meine Vans, weil ich zu faul war, sie aufzuschnüren. Leah beobachtete mich amüsiert.

»Sag deiner Freundin, sie soll mich anrufen«, sagte sie, als ich endlich fertig war.

»Wieso?«

»Ich würde mich gern mit ihr unterhalten.«

»Um auch ihr Leben zu klauen? Das glauben Sie doch selbst nicht.«

Ich knallte mit der Tür.

»Du hast dich schon verändert«, sagte Petrowna. »Vor einer Woche noch hättest du rumgeheult, dass Leah sooo gemein zu dir ist. Und jetzt sitzt du da und schimpfst. Total proaktiv. Demnächst lernst du vielleicht sogar, deinen Teller nach dem Essen in die Spüle zu stellen.«

»Geh zurück nach Indien«, sagte ich. »Wir haben im Gegensatz zu euch eine Spülmaschine.«

»Aber dafür werde ich eines Tages vom Tellerwäscher zum Milliardär«, sagte Petrowna.

»Du könntest vorher noch berühmt werden«, sagte ich. »Leah will dich schon wieder treffen und über dich schreiben.«

»Ich weiß«, sagte Petrowna gelangweilt. »Ich inspiriere halt. Am meisten mich selbst.«

Ich klappte den Mund auf und wieder zu.

»Wenn sie über ein Mädchen wie dich schreiben kann – warum soll sie sich nicht jemand richtig Spannenden aussuchen?«, überlegte Petrowna weiter. »Guck dir mein Leben an. Da gäb es echt was zu erzählen. Weißt du zum Beispiel, dass ich schon mit Zähnen auf die Welt gekommen bin?«

Ich guckte Petrowna an. Ich hatte sie schon oft angesehen. Sie war groß und wuchs weiter. Sie hatte ein rundes Gesicht. Sie war ein bisschen zu dick. Sie hatte sich das Haar hochgesteckt, sodass es aussah, als würde es gleich auseinanderfallen. Aber es war Absicht, und ich wusste, wie viel Arbeit und wie viele Klammern darin steckten. Sie war der klügste Mensch, den ich kannte, und sie hatte eine Horrorfamilie. Die ich eigentlich gar nicht kannte, nur aus ihren Erzählungen.

Was wusste ich aber alles nicht über Petrowna? Erstmals dämmerte mir, dass ihr die ständige Aufmerksamkeit anderer Menschen vielleicht gar nicht so unangenehm war wie mir.

»Du willst dich also ändern«, sagte Petrowna und riss ein Blatt von ihrem Collegeblock ab. »Wir machen es mal systematisch. Was haben wir jetzt und was lässt sich ändern? Was sind deine Parameter?«

»Was?«

»Wie viel wiegst du?«

»Fettwerden kommt nicht infrage!« So viel war mir Jasper wirklich nicht wert.

»Hm. Größer oder kleiner können wir dich auch nicht machen. Aber du könntest dir die Haare abschneiden.«

»Waaas?« Es wurde immer schlimmer. »Färben vielleicht, das ginge.«

»Oder«, überlegte Petrowna laut, »es sollte wahrscheinlich eher von innen anfangen. Wie hat Leah dich beschrieben –

und wie müsste man dich umschreiben? Wie beginnst du deinen Tag? Was machst du als Erstes?«

»Meine Nachrichten checken?«

»Also, das lässt du jetzt.«

Und so ging es weiter. Petrowna zeichnete eine Tabelle und trug ein, was ich bis jetzt gemacht hatte und wovon ich nun das Gegenteil machen sollte. Ich durfte mich demnach nicht mehr schwarz anziehen. Nicht mal die Unterwäsche. Ich sollte mich nicht mehr am Abend duschen, sondern am Morgen, weswegen ich früher aufstehen musste. Zum Frühstück sollte ich das essen, was ich noch nie im Leben angerührt hatte, nämlich Müsli. Dafür versprach Petrowna, mit mir welches einkaufen zu gehen, mit besonders viel Schokolade.

»Und das Beste«, sagte sie, »du wirst jetzt Vegetarierin.«

»Kommt nicht infrage.«

»Du kannst nicht alles ablehnen. Du willst deine Figur behalten, du willst dir nicht einmal die Haare abschneiden, aber ausnahmsweise an die armen Tiere denken, das könntest du doch, oder? Das ist doch gerade total angesagt.«

»Ich muss schon frühmorgens duschen!« Ich wurde langsam so wütend, dass ich bereit war, Petrowna roh aufzuessen und Leah dazu, von einem knusprigen Hähnchen ganz zu schweigen. »Das ist Opfer genug! In meinem Alter braucht man Schlaf … und Wurst.«

»Die kannst du dann auf Jaspers Beerdigung essen.«

Ich versuchte, sie in eine andere Richtung zu lenken. »Und wenn ich einfach die Klasse wechsle? Oder gleich die Schule? Dann ist Jasper aus der Gefahrenzone. Und Leah guckt mit ihrem Buch in die Röhre, weil sie diese Wendung nicht vorausgesehen hat.«

»Und was ist dann mit mir?«, maulte Petrowna. »Soll ich mich hier allein durchschlagen?«

Dafür musste ich sie küssen. Es war unvorstellbar, dass es für Petrowna schwierig werden könnte, sich irgendwo durchzuschlagen. Aber natürlich hatte ich keine Lust auf einen Schulwechsel. Unsere Schule war so okay, wie eine Schule überhaupt sein konnte: mit einem guten Ruf, aber man musste sich trotzdem nicht anstrengen. Sie war eine staatliche Projektschule, die auch sozial bedürftigen Kindern wie Petrowna die Chance gab, gemeinsam mit verzogenen Gören wie mir Meditationstechniken und andere wichtige Dinge zu erlernen. Während an anderen Schulen Mathe gebüffelt wurde, besuchten wir Altersheime und gestalteten Wände für den Weltfrieden.

»Warum lachst du?«, fragte ich, als Petrowna mit ihrem Gesicht auf ihre Aufzeichnungen fiel.

»Ich stell dich mir gerade in Rosa vor«, sagte sie, aber ich hatte das Gefühl, sie sagte nicht die ganze Wahrheit.

Ich fing mein neues Leben damit an, dass ich meinen Vater besuchte. Irgendwie sah ich ihn in den letzten Wochen häufiger als im ganzen Jahr davor.

Alicia lag immer noch auf der Couch. Sie sah im Gesicht aufgedunsen aus. Mein Vater versuchte, sich nicht anmerken zu lassen, dass er lieber von morgens bis abends in seinen Meetings hocken und durch die Welt jetten würde, als für

Alicia Orangensaft auszupressen, den sie ja doch wieder auskotzte.

»Können wir essen gehen?«, fragte ich noch in der Tür.

»Nimm dir Geld aus meinem Portemonnaie und hol was für alle.« Mein Vater hatte sich schon so viel um Alicia bemüht, für mich blieb nichts mehr übrig.

Ich nahm sein Portemonnaie aus der Jackentasche, die an der Garderobe hing. Vorn in der Klarsichthülle baumelte ein total süßes Foto von mir als Baby. Vielleicht sollte ich ihm ein aktuelleres geben. Daneben war das Foto einer strahlenden Alicia. Dann noch ein Rechteck mit einem Geflimmer auf dunklem Hintergrund. Ein Ultraschallbild, wie im Kino. Ich drehte es hin und her, aber Punkte und Striche blieben Punkte und Striche.

Es war nicht das erste Mal, dass ich die Geldbörse meines Vaters in den Händen hielt. Er hatte mir in dieser Hinsicht schon immer vertraut. Ich hatte auch noch nie etwas genommen, weil Geld bei uns sowieso immer herumlag, jedenfalls in größeren Mengen, als ich an einem normalen Tag ausgeben konnte. Shopping interessierte mich sowieso wenig.

Jetzt nahm ich einen Zwanziger heraus und zögerte. Mein Vater hatte noch mehrere grüne Hunderter drin. Ob er sie gezählt hatte? Sollte ich mein neues Leben damit beginnen, dass ich mir einfach einen nahm? War die neue Kim nicht nur Einbrecherin und Schwänzerin, sondern auch eine Diebin?

Am Ende traute ich mich nicht. Ich nahm mir noch einen Zehneuroschein dazu und holte beim Vietnamesen um die Ecke mehrere Tofu- und Gemüsegerichte. Die richtete ich in der kleinen Küche an, das heißt, ich packte sie aus und entfernte die Alufolie. Alicia wankte kurz vom Sofa herbei, sah die dampfenden Behälter und wankte wieder hinaus. Mein Vater setzte sich zu mir und kaute lange an einem Stück, das er aus dem Gemüse gefischt hatte. Sein Blick war glasig.

»Das ist kein Fleisch, oder?«, fragte er, als er endlich runtergeschluckt hatte.

»Das heißt Tempeh oder so.« Ich häufte das Wechselgeld auf die Tischplatte.

»Warum hast du kein richtiges Essen geholt?«

»Ich esse keine toten Tiere mehr.«

»Habt ihr schon wieder irgendeinen schlimmen Öko-Film in Bio geguckt?«

»Nein. Ich will mich ändern.«

»Wie?«

»Keine Ahnung. Will einfach nicht die Gleiche sein wie früher.«

Mein Vater sah mich lange an. Dann gabelte er ein Stück Tofu auf.

»Ich finde es okay, wie du bist.«

»Und ich würde mir gern neue Klamotten kaufen«, sagte ich. »Andere Farben vielleicht.«

Damit konnte er etwas anfangen. Er holte sein Portemonnaie und reichte mir einen Hunderter. »Deine Rosa-Phase«, sagte er, »die habe ich noch in guter Erinnerung.«

Ich suchte mir bei H&M rosa Socken aus. Meine Hand zitterte, aber mit irgendwas musste ich doch anfangen. Ich hätte auch zu Unterhosen greifen können, die waren ebenfalls rosa, aber alle hatten einen Aufdruck mit Elsa oder Anna aus der Eiskönigin oder beiden zusammen. Manchmal auch mit Olaf. Ich liebte den Film zwar immer noch. Aber ich wollte ihn nicht am Körper tragen.

An der Kasse holte ich Papas Hunderter aus der Tasche. Es war albern, damit die Socken zu bezahlen, aber ich hatte kein anderes Geld. Während der schwarzhaarige Verkäufer prüfte, ob der Schein echt war, betrachtete ich seine Wimpern. Die waren lang und kamen mir dunkel bekannt vor. Dann sah ich sein Namensschild und vergaß für einige Zeit zu atmen.

»Timur?«, fragte ich, nachdem ich wieder Luft geholt hatte.

»Kennen wir uns etwa?« Er warf mir einen desinteressierten Blick zu und suchte das Wechselgeld zusammen.

»Ich bin Kim«, sagte ich. »Weißt du, Kim wie Kim & Petrowna. Deine Petrowna.«

Ich sagte das, um einfach irgendwas zu sagen. Denn eigentlich fror gerade meine Kehle zu. Timur war ganz anders als in meiner Erinnerung. Kein allwissender, milde dreinschauender Riese, sondern ein ziemlich kleiner und schmächtiger Typ, gerade mal so groß wie ich. Er hatte ein fliehendes Kinn mit Bartstoppeln. Und er stand bei H&M an der Kasse.

»Ach ja!«, sagte er ziemlich gleichgültig. »Du bist groß geworden. Willst du eine Tüte kaufen oder geht das so?«

»Was machst du hier?«, flüsterte ich.

»Siehst du doch. Ich jobbe hier. Ansonsten mach ich grad mein Abi.«

»Und deine Ausbildung mit Auslandspraktikum?«

»Wie bitte?«

»Schon okay! Keine Tüte, geht auch so.« Ich stopfte die Socken in die Jackentasche, murmelte etwas zum Abschied und stolperte in Richtung Rolltreppe.

Petrowna antwortete nicht auf meine Nachrichten. Okay, das war früher auch schon mal vorgekommen. Ich hatte bereits schweren Herzens akzeptiert, dass es in ihrem Leben tatsächlich wichtigere Dinge gab als mich. Aber ausgerechnet jetzt war das Timing ziemlich schlecht.

Warum hast du mich über Timur angelogen, hämmerte ich in die Tastatur. *Wo bist du? Und was bin ich? Gibt es mich überhaupt? Oder hat mich diese Leah erfunden? Melde dich. Ich drehe sonst durch.*

Auf WhatsApp konnte ich sehen, dass sie meine Nachrichten nicht einmal las. Stunden später nahm sie dann alle auf einmal zur Kenntnis und antwortete wieder nicht. Noch Stunden später kam ein: *Kann nicht. Später.*

Von jemand anderem hätte das ziemlich abweisend geklungen. Aber Petrowna und ich, wir sülzten eben nicht rum. Doch dass sie dann am nächsten Tag nicht in die Schule kam, ohne sich bei mir abzumelden oder mir irgendetwas zu erklären, fand ich schon heftig.

Ohne Petrowna fühlte ich mich einsam und hilflos. Zum ersten Mal fragte ich mich, warum ich eigentlich keine andere beste Freundin hatte. Ich war weder besonders beliebt noch unbeliebt, ich konnte auch mit anderen Leuten reden und lachen. Warum fühlte ich mich dann ohne Petrowna so unvollständig?

In meiner Not hängte ich mich in der Pause an Jasper, der mit einem Basketball unter dem Arm auf den Hof wollte.

»Hast du Zeit?«

Er seufzte. Sein Grinsen war nicht mehr ganz so breit.

»Ist das dringend?«, fragte er.

»Für mich schon.«

Er nickte und warf den Ball im Vorbeigehen einem Zehntklässler zu. Dann folgte er mir hinter die Hecke, direkt zum Maschendrahtzaun.

»Keine Angst, ich küsse dich nicht noch mal«, sagte ich. »Ich will reden.«

Er wartete höflich.

»Magst du mich?«, fragte ich.

»Weißt du doch.« Er schaute direkt in mein Gesicht, als gäbe es nichts Selbstverständlicheres auf der Welt.

»Aber warum?«

Jetzt sah er auf seine Fußspitzen. Dann zuckte er mit den Schultern. »Ich kann dir nicht sagen, warum. Ich kann dir höchstens sagen, warum ich dich eigentlich nicht mögen müsste.«

»Auch okay. Schieß los.«

»Du bist egozentrisch«, sagte Jasper.

»Hä?«

»Du denkst, du bist der Mittelpunkt der Welt.«

»Ich weiß schon, was egozentrisch bedeutet«, unterbrach ich ihn. »Ich wollte wissen – wie kommst du drauf? Ich fühle mich gar nicht so.«

»Du nimmst andere Menschen kaum zur Kenntnis. Und wenn, dann sind die für dich irgendwie nur Statisten in deinem eigenen Theaterstück. Alles Kulisse. Das Einzige, was zählt, bist du.«

»Das ist unfair!« Mir lag es auf der Zunge, ihm die ganze Wahrheit über ihn und mich zu erzählen, aber ich konnte mich gerade noch zurückhalten. Dann würde er mich nicht nur für selbstfixiert, sondern auch für total irre halten. »Bist du denn anders? Interessierst du dich für jemanden außer deiner Person?«

Er lachte. »Vielleicht sind wir alle so wie du und merken es nicht einmal. Aber ja, ich würde doch meinen, ich interessiere mich für andere.«

Ich wollte unbedingt weiter nachfragen, allein um Jasper zu beweisen, dass seine Meinung über mich falsch war und ich mehr wissen wollte, über ihn zum Beispiel. Aber in diesem Moment vibrierte es irgendwo an meinem Körper. Ich begann, hektisch mein iPhone zu suchen. Als ich es gefunden hatte, entdeckte ich nur eine Nachricht von der Zahnarztpraxis, die mich an eine Zahnreinigung erinnerte, die demnächst fällig war. Jasper war längst wieder weg.

11

Ich klopfte an Petrownas Tür. Minutenlang machte niemand auf. Ich hörte ihre Brüder schreien und Salven von Maschinengewehren in die Gegend spucken. Die reagierten grundsätzlich nicht auf die Klingel. Als meine Faust schon taub vom Hämmern wurde, öffnete eine Frau, die eher jung als alt war – offenbar eine der zahlreichen Tanten und Cousinen, die zwar woanders wohnten, aber trotzdem immer hier rumsaßen.

»Ich will zu Erna«, sagte ich. Erna war Petrownas richtiger Name. Ihr kirgisischer Vater und ihre türkische Mutter konnten sich damals auf keinen kirgisischen oder türkischen Namen für sie einigen, also nahmen sie einen deutschen, und zwar den erstbesten – den der Rentnerin, die ihnen einmal die Vorfahrt genommen und ihren uralten Kleinwagen geschrottet hatte. Ernas Versicherung zahlte das Dreifache des tatsächlichen Werts und damit wurde Erna in den Kreis der Familienheiligen aufgenommen. Kein Wunder, dass Petrowna auf diese Ansprache nicht reagierte.

»Erna!!!!!«, brüllte die Tante oder Cousine in den Flur.

Mehrere Stimmen schrien kurz durcheinander, dann drehte sich die Cousine zu mir.

»Erna nicht da.«

»Wo dann?«

»Keine Ahnung.« Sie schloss die Tür vor meiner Nase.

Ich setzte mich auf die Treppenstufen und umfasste den Kopf mit den Händen. Petrowna war nicht in der Schule gewesen, ging nicht ans Telefon und zu Hause war sie auch nicht. Mit wem sollte ich reden? Mit meiner Mutter hatte ich nicht mehr ernsthaft gesprochen, seit ich drei war. Bei meinem Vater war ich gerade gewesen. Jasper hielt mich für irre und verlogen.

Es gab nur einen Menschen, zu dem ich konnte. Dem musste ich immerhin nicht viel erklären. Sie wusste alles von allein. Immerhin schrieb sie über mein Leben.

Ich wollte schon wieder aufstehen, aber da hörte ich schwere, schlurfende Schritte auf der Treppe. Es klang nach einer Riesenschnecke, die sich die Stufen hochquälte. Dann kam ein vertrauter Husten dazu. Schließlich tauchte Petrowna auf. Vorsichtig trug sie unser Mathebuch, auf dem sie ein Heft aufgeschlagen hatte. In dieses Heft schrieb sie im Gehen irgendwas rein.

Ich stand auf. Sie schien so vertieft, dass sie zu spät merkte, dass da etwas im Wege war, zufällig ihre beste Freundin. Ihre Augen waren gerötet. Sie blinzelte ein paar Mal, bis sie mich erkannte. Dann lächelte sie, sich offenbar keiner Schuld bewusst.

»Schatzi! Ich hab's«, sagte sie.

»Ich hab deinen Timur an der Kasse getroffen«, sagte ich, als hätte ich ihr das nicht bereits ein Dutzend Mal geschrieben.

»Und?«

»Du hast gesagt, er lernt Bombenleger!«

»Warum glaubst du auch jeden Quatsch!« Sie wischte meine Kränkung beiseite und hielt mir ihr Heft unter die Nase. »Guck lieber. Die Sache ist geritzt.«

Ich versuchte, ein paar unleserliche Zeilen zu entziffern.

»Dein Tagebuch?«

»Nein«, sagte sie triumphierend. »*Dein* Tagebuch. Was diese Leah kann, können wir schon lange, was?«

Ich musste ziemlich ratlos ausgesehen haben. Sie ließ sich auf die Stufen fallen und zog mich am Ärmel zu sich herunter. Dann erklärte sie mir ganz langsam und deutlich, dass sie dabei war, Leahs Geschichte umzuschreiben. So, dass alles gut ausging. Wenn es wirklich um mich ging, würde sie das wohl besser hinkriegen als eine Autorin, die mich gar nicht kannte und die alle Menschen in unserem Alter in etwa so ansprechend fand wie Küchenschaben, meinte Petrowna.

»Alle mit einer Ausnahme«, sagte ich. »Du inspirierst sie. Sie will dich treffen.«

»Das wollen viele.« Petrowna wischte sich mit dem Ärmel über die Nase. »Hast du mich verstanden? Was ich die ganze Zeit gemacht habe?«

»So schwer ist es auch wieder nicht. Du musst mit mir nicht wie mit einem Baby reden. «

»Wiederhol in eigenen Worten, was ich gerade erklärt habe.«

Ich riss ihr das Heft aus der Hand und hielt es ihr nach einigen Augenblicken wieder hin. »Ich kann dein Gekrakel nicht entziffern. Du musst es zuerst abtippen.«

Ich hatte nicht gewusst, dass Petrowna keinen Computer besaß. Keinen neuen und keinen alten. Das erklärte mir, warum sie alles von Hand machte, nicht nur die üblichen Hausaufgaben, sondern auch die Sachen, die alle anderen einfach aus dem Internet kopierten und ausdruckten: Handouts für die Referate oder größere Hausarbeiten.

»Du kannst mein Notebook haben«, sagte ich. »Eines meiner alten.«

»Wie viele alte hast du denn?«

Ich hatte das Gefühl, dass ich lieber nicht antworten sollte.

»Wir tippen es ins Telefon«, sagte Petrowna nach einer Denkpause. »Das geht am schnellsten.«

»Wie bitte?«

»Wie eine SMS. Nur eben lang. Du hast doch ein Schreibprogramm auf deinem iPhone.«

»Ja, aber«, sagte ich, »wie soll das gehen?«

»Du liest vor und ich tippe«, sagte Petrowna.

»Ich kann das da gar nicht lesen!«

»Dann tippst du und ich diktiere«, sagte Petrowna.

Also saßen wir auf der Treppe, und sie las mit gesenkter Stimme vor, während ich die Sätze eingab. Es dauerte ewig.

Petrowna schaute mir über die Schulter, diktierte die Satzzeichen dazu und korrigierte die Fehler. Zum Glück machte ich nicht so viele, weil ich ein Korrekturprogramm im Telefon hatte.

Ich hatte nicht gedacht, dass das so elend lange gehen würde. Es wurde längst dunkel. Während wir dasaßen, ging mindestens dreimal Petrownas Wohnungstür auf. Ihre Brüder bewarfen uns mit Papierkügelchen, die sie, wie ich befürchtete, zuvor gelutscht hatten. Jedenfalls waren die Kügelchen verdächtig feucht und rochen nach Sabber.

Einmal streckte eine weitere erwachsene Frau den Kopf raus und bellte irgendwelche Sätze. Petrowna bellte ohne sich umzudrehen zurück. Die Frau verschwand.

»Ist sie jetzt sauer?«, flüsterte ich.

»Nein. Meine Tante bringt uns was zu essen. Konzentrier dich.«

Die Frau stellte uns einen Teller auf die Stufen. Darin befanden sich eine Art gezackte Maultaschen. Als ich mir eine nehmen wollte, schlug mir Petrowna auf die Finger.

»Du brauchst beide Daumen zum Schreiben!«

»Und du?«

»Ich nicht.« Sie kaute an zwei Maultaschen gleichzeitig, nachdem sie sich die Finger mit einem Desinfektionstuch abgerieben hatte. Die Sätze, die sie vorlas, klangen nicht mehr so deutlich.

Dreimal gingen Nachbarn an uns vorbei. Einer trat in unseren Teller. Ein anderer ließ ebenso kommentarlos eine Packung Bohnen auf meinen Kopf fallen. Ein dritter beschimpfte uns. Ohne sich zu ihm umzudrehen, spuckte Petrowna eine Maschinensalve Worte in seine Richtung. Schon wieder verstand ich nichts.

»Fertig!«, sagte Petrowna irgendwann. Ich legte mein Handy auf die Stufen und nahm mir die letzte Maultasche, die neben dem Schuhabdruck auf dem Teller lag.

Petrowna wischte sich die gebutterten Hände an ihrem Schal ab.

»Und?«, sagte sie außer Atem. »Wie findest du das?«

»Was?«

»Den Anfang meiner Geschichte. Deinen Tagebucheintrag.«

Ich zuckte mit den Schultern. »Ich habe einfach nur mitgeschrieben, ich habe es doch gar nicht gelesen.«

»Du willst sagen, du hast jedes einzelne Wort eingetippt, aber keins davon verstanden?«

»Ich hab schon einzelne Wörter verstanden«, sagte ich entrüstet.

»Aber du hast eigentlich keine Ahnung, was da passiert.«

»Nicht wirklich«, gestand ich.

Petrowna stöhnte. »Dann hast du noch eine weitere Hausaufgabe bis morgen.«

»Du sollst nicht immer über deinem Telefon hängen, das macht eine schlechte Haltung«, sagte meine Mutter. Sie hatte sich bereits ein Auge geschminkt und das andere schaute noch blass und faltig in die Gegend. Sie gehe mit ihrem Yoga-Kurs eritreisch essen, sagte sie.

»Mit dem ganzen Kurs?«

»Mmmmh«, machte sie, was meine Frage nicht wirklich beantwortete.

»Ich hänge auch gar nicht«, sagte ich, »ich lese ein Buch.«

»Du liest dein iPhone.«

»Es ist aber ein Buch darauf.«

Und zwar das, das ich mit meinen beiden Daumen reingetippt hatte. Jetzt, wo ich nicht mehr gleichzeitig schreiben und verstehen musste, las sich das eigentlich ganz spannend. Nach Leahs Buch war ich nicht mehr so leicht zu erschüttern.

Trotzdem hatte ich zuerst gegenüber Petrowna versucht zu maulen, weil es nun plötzlich so viele Seiten zum Lesen waren.

»Winzige Bildschirmseiten, Girl!«, hatte Petrowna mich darauf sofort zusammengestaucht. »Und ich habe es nicht für mich gemacht.«

»Lesen macht schlechte Augen«, sagte meine Mutter jetzt.

»Denkst du, ich mach es freiwillig?!«, explodierte ich. »Warum müsst ihr alle auf mir herumhacken? Wann kommst du überhaupt wieder?«

»Irgendwann.« Sie lächelte mit ihrem geschminkten Mund. Sie sah nicht gut aus, aber irgendwie zufrieden. »Hast du Angst, nachts allein zu sein?«

»Bin kein Baby.«

»Du kannst deine Freundin, die asoziale Dicke, einladen.«

»Sie ist nicht dick, sie ist groß«, antwortete ich automatisch. »Seit wann darf sie hier übernachten?«

Meine Mutter küsste mich ohne eine Antwort auf den Scheitel und ging. Ich las weiter. Ich las, während mir eine Tiefkühlpizza mit Salami und Champignons im Backofen verbrannte, ich las, während ich das Schwarze von der Pizza wieder abkratzte, ich las beim Essen, beim Trinken, auf dem Klo.

Als ich fertig war, hatte ich das Gefühl, dass mir etwas fehlte. Deswegen tat ich, was ich noch nie freiwillig gemacht hatte. Ich las alles noch mal. Und noch mal. Verdammte Petrowna, dachte ich, das ist wirklich noch viel zu wenig Text. Ich fühlte mich, als ließe sie mich vor einem vollen Teller verhungern.

Ich hörte, wie meine Mutter im Morgengrauen heimkam und leise pfeifend in ihrem Schlafzimmer verschwand. Meine Augen fielen wieder zu. In den Stunden davor hatte ich immer wieder eins zugemacht, während das andere weiterlas. Wahrscheinlich liefen mir deswegen die ganze Zeit die Tränen herunter, auch als ich schon schlief.

»Du musst endlich weiterschreiben«, sagte ich zu Petrowna. Ich sagte es ihr immer wieder, seit zwei Wochen schon. Beim ersten Mal wurde sie ganz verlegen – so, wie ich sie nur einmal erlebt hatte, als unser Sportlehrer vor der ganzen Klasse gesagt hatte, alle Mädchen sollten eine Figur wie Petrowna haben, nämlich nicht so mager. Damals wurde sie erst knallrot, dann wütend.

Jetzt wurde sie erst knallrot, dann schweigsam. »Heißt es, dass es dir gefällt?«, fragte sie dann.

»Natürlich nicht. Ich will bloß wissen, wie es weitergeht.«

»Du weißt doch, wie es weitergeht. Es soll alles gut werden, anders als bei Leah. Jasper wird gerettet.«

Ich verdrängte den Verdacht, dass sie mir gerade etwas Wichtiges verschwieg. »Der ist in deinem Buch anders als bei Leah«, sagte ich stattdessen. »Bei ihr ist er so eine langweilige Dumpfbacke, aber bei dir ist er richtig cool.«

»Ich wollte ihn nicht besonders cool machen. Ganz normal halt.«

»Ehrlich, Petrowna! Diese ganzen Grübchen und Hände und verschwitzten Haarsträhnen und so. Das nennst du normal?«

Sie zuckte mit den Schultern. Langsam hatte ich wirklich das Gefühl, sie wollte nicht darüber reden. Um sie aus der Reserve zu locken, überlegte ich laut, welcher Schauspieler Jasper spielen könnte, wenn man aus dem Buch einen Film machen würde. »Schade, dass Shawn Mendes einfach nur ein Sänger ist, oder?« Aber selbst darauf reagierte sie nicht.

»Schreibst du an deinem Samsung weiter?«, fragte ich.

Sie grummelte irgendwas. Vielleicht machte ihr die Sache einfach keinen Spaß mehr und sie wollte das nicht eingestehen. Oder der Text wurde nicht so gut, wie sie erwartet hatte. Einmal hatte sie in der Schule am Ende einer Deutscharbeit zwölf vollbeschriebene Blätter zerrissen – »Lieber eine Sechs als so einen Schrott abgeben!« Ich erinnerte mich noch genau, wie unsere damalige Deutschlehrerin Frau Niemens-Grützke versucht hatte, die Fetzen aus dem Papierkorb wieder zusammenzusetzen.

»Komm nicht auf die Idee, die Datei zu löschen!«, sagte ich.

Sie schaute mich seltsam an. »Warum sollte ich das tun?«

»Weil du vielleicht findest, dass es schlecht geworden ist.«

Petrowna blickte an mir vorbei. Hinter meinem Rücken stand Jasper und wischte mit dem Ärmel den nass geregneten Fahrradsitz trocken. Das konnte ich in Petrownas Sonnenbrille gespiegelt sehen.

»Das Buch ist total schlecht geworden«, sagte sie, plötzlich wieder lebhaft. »Das ist eigentlich eine super Idee, alles zu löschen.«

»Nein! Ich hab dir doch grad das Gegenteil gesagt.«

»Was?« Sie grinste an mir vorbei.

»Gib mir deine Datei! Es geht schließlich um mich.«

»Es geht nicht immer alles um dich«, schnappte Petrowna plötzlich unnötig laut, sodass Jasper in ihrer Sonnenbrille zusammenzuckte. »Aber okay. Du hast es nicht anders gewollt.«

Sie holte ihr Telefon raus, tippe daran herum und zeigte mir dann das Display. Sie hatte mir eine E-Mail mit Anhang gesendet.

12

Ich stand eine halbe Stunde früher auf als sonst, obwohl ich mich vernichtet fühlte. Ich zog meine vertrauten schwarzen Klamotten an, putzte die Zähne und betrachtete dabei mein Gesicht über dem Waschbecken, als hätte ich es noch nie gesehen. Ich machte mir einen Cappuccino mit Mandelmilch in der Küche (Milch hatten wir neuerdings nicht mehr im Haus, weil sie zu ungesund war) und schlich mich mit meiner Schultasche aus dem Haus.

Es war erstaunlich, wie anders die Welt aussah, wenn man eine halbe Stunde früher als üblich mit der U-Bahn fuhr. Es waren viel weniger Leute da. Die waren auch noch nicht so gereizt und laut. Vermutlich, weil sie noch mit offenen Augen schliefen. Sie starrten deswegen auch nicht in ihre Telefone, sondern vor sich hin. Ich schaltete meins auf stumm und stellte auch den Vibrationsalarm ab. Jetzt fühlte ich mich, als hätte ich mir einen Körperteil abgeschnürt.

Zum ersten Mal im Leben war ich die Erste vor unserem Chemieraum. Er war zum Glück schon geöffnet. Ich ging rein, setzte mich an meinen Platz, legte die Tasche auf den Tisch, den Kopf darauf. In dieser Haltung schlief ich ein. So weckte mich Jasper.

»Entschuldige«, sagte er, als ich zusammenfuhr und fast vom Stuhl fiel. »Ich dachte, du denkst einfach nach.«

»Du hältst zu viel von mir«, murmelte ich. Er setzte sich auf die freie Hälfte meines Tisches und ließ grinsend die Beine baumeln.

»Hast du die 6c verstanden?«, fragte er.

»Jasper«, sagte ich. »Das willst du nicht wirklich wissen, oder? Ich verstehe nichts von Chemie. Ich schreibe die Hausaufgaben immer von Petrowna ab.«

Er grinste breiter. »Warum lässt sie dich eigentlich abschreiben, anstatt dir Nachhilfe zu geben? Auf diese Weise lernst du es ja nie.«

»Weil sie mich für hoffnungslos hält«, sagte ich. »Für die größte Dumpfbacke unter der Sonne.«

»Ach.« Er streckte den Arm aus und tätschelte meine Schulter. Sollte wohl ein Trost sein. »Es gibt größere.«

»Was?«

»Dumpfbacken.«

»Nicht für Petrowna.«

»Hast sie dir das gesagt?«

»Schlimmer. Geschrieben.«

Endlich dämmerte es ihm. »Habt ihr zwei grad ein Problem miteinander oder was?«

Ich zuckte mit den Schultern. Ich wusste nicht, mit welchen Worten man Jasper erzählen könnte, in welchem Stadium meine Freundschaft mit Petrowna gerade angekommen war. Da hätte ich ja weit ausholen müssen. Und schon der Anfang der Geschichte klang zu verrückt.

So schwiegen wir miteinander, er mit den Beinen baumelnd und ich an seinem Jeanshintern vorbeistarrend, während die Klasse sich füllte. Als Letzte stürmte Petrowna hinein. Ihrer lauten Entschuldigung nach zu urteilen, hatte sie dabei Herrn Brenner aus der Tür geschubst.

Sie ließ sich neben mich fallen, klatschte ihre Tasche auf den Tisch und drehte mir ihr wütendes Gesicht zu.

»Ich! Warte! Die ganze Zeit! In der U-Bahn auf dich! Ich schick dir eine Million Nachrichten! Und du …« Jetzt fehlten sogar ihr die Worte.

»Warum auf jemanden warten, der so bescheuert ist?« Ich schaute ihr nicht ins Gesicht.

»Wer ist bescheuert?«

»Komm, tu nicht so!«

Sie war verwirrt. Ehrlich verwirrt. »Ich hab mir schon gedacht, dass es dir nicht gefallen wird«, stammelte sie.

»So eine Überraschung!« Ich explodierte so weit, wie man es flüsternd nur konnte. »Du beschreibst mich als fett, bescheuert und verwöhnt und ich finde es komischerweise nicht toll. Wo bin ich bitte fett? Und vor allem, wie kannst du mich Pia nennen? Weißt du nicht, dass ich den Namen über alles hasse?«

Petrowna öffnete den Mund, aber Herr Brenner kam mir zuvor.

»Es tut mir leid zu stören«, sagte er über unseren Köpfen.

»Aber nimm du, Pia, jetzt bitte deine Sachen und setze dich auf den freien Platz neben Jasper.«

Petrowna wieherte, was allerdings etwas bitter und vor allem ziemlich gemein klang.

»Ich heiße immer noch nicht Pia!«, knurrte ich.

»Hätten Sie sich ein einziges Mal im letzten Halbjahr gemeldet, hätte ich eine Chance gehabt, mir Ihren Namen zu merken, Sie unbekanntes Wesen«, sagte Herr Brenner.

Die ganze Stunde lang bereute ich es, dass ich nicht in Jasper verknallt war. Die Sachen, die Petrowna geschrieben hatte, waren – bis auf die ätzenden Beschreibungen meiner Person – eigentlich ziemlich reizvoll gewesen. Sie war zwar viel gemeiner als Leah, aber ihre Geschichte war besser und Pia und Jasper waren ein megasüßes Paar. Wäre alles so wie in Petrownas Buch, hätten Jasper und ich jetzt unter dem Tisch Händchen halten können. Er hätte mir die Hand aufs Knie legen können und ich hätte mir ungefragt seinen Frixion-Stift genommen, weil ich meinen vergessen hatte.

Wobei er mir sein Mäppchen auch so wortlos zuschob, als ich auffällig lange in meiner Tasche gekramt hatte. Weil ich dabei verpasst hatte, was wir uns aufschreiben sollten, rückte er auch seinen Block näher an mich. Und sich selbst dazu. Unsere Knie berührten sich. So wurde mir wenigstens etwas wärmer, weil Herr Brenner gerade demonstrativ das Fenster öffnete, die Luft sei zu stickig. Er deutete immer wieder an, wir seien einfach zu viele Leute in der Klasse und würden ihm den Sauerstoff wegatmen.

Ich spürte den Luftzug an meinen Ohren und wickelte mir den Schal enger um den Hals. Jasper nahm seine Jacke und warf sie mir über. Bei alldem vergaß er nicht, mitzuschreiben und sich ständig mit einer lässigen Handbewegung zu melden. Er wurde aber nie drangenommen. Weil Herr Brenner, dämmerte mir, sowieso wusste, dass Jasper es wusste. Das war auch der Grund, warum Petrowna nie drangenommen wurde, wenn sich noch irgendjemand gleichzeitig meldete. Weswegen sie die Antworten schon mal mit ihrer rauen Stimme von ihrem Platz hineinrief, wenn sie zu lange warten musste.

Aber Jasper hatte Geduld. Seine Jacke roch nach Deo, U-Bahn und ein bisschen nach nassem Hund. Aber nicht eklig, sondern angenehm. Dass der blöden Petrowna sogar das aufgefallen war. Sie hatte es in ihrem Buch genau beschrieben, sonst wäre ich vielleicht gar nicht auf den Vergleich gekommen. Ich gab Jasper die Jacke fast schon ungern zurück, als die Stunde endlich vorbei war, Herr Brenner aus dem Raum stürmte und das Fenster in der gleichen Sekunde wieder zuflog.

»Gern geschehen«, antwortete Jasper und verschwand in die Pause, während ich meine Sachen zusammensuchte und überlegte, ob ich seinen Frixion für den Rest des Tages behalten durfte. Eigentlich wäre ich gern noch länger neben ihm sitzen geblieben. Aber die Aufmerksamkeit, die mir das eingebracht hätte, wäre ein zu hoher Preis dafür.

»Ich helf dir tragen.« Petrowna raffte meine Hefte zusammen.

»Hör auf mit dem Scheiß.«

»Hör mal, wegen Pia – das ist doch nicht dein Ernst. Ist doch nur ein Name.«

»Das ist mein Ernst, Erna!«

Sie wurde rot. »Entschuldigung, Schatz. War dumm von mir. Ich überleg, ob ich das alles noch mal ändern kann. Aber es ist nicht so einfach, wie du denkst.«

»Was gibt's da zu überlegen? Und außerdem sollst du nicht alles ändern, sondern nur den Namen. Das ist nicht dein Erstgeborenes. Das ist nur ein blödes Buch. Über mich.«

Petrowna wurde rot. Das kannte ich gar nicht an ihr. »Dann sollte ich dir die Kussszene vielleicht gar nicht schicken«, murmelte sie.

»Kussszene?!?«

»Ich sollte doch was Nettes schreiben. Was gut ausgeht.« Petrowna klang hilflos, was ihr gar nicht stand.

»Was hat das mit irgendeinem Geknutsche zu tun?«, fragte ich empört.

»Du musst das nicht lesen.«

»Natürlich muss ich«, sagte ich. »Ich will alles lesen.«

Eine ganze Woche wartete Petrowna ab, dann explodierte sie.

»Und, wie?«, fragte sie.

»Was?«

»Hast du das Ende gelesen?«

Sie wirkte irgendwie kleiner, als sie mich das fragte.

Wir standen vor dem Spiegel in der Mädchentoilette. Ich zog mir den Lidstrich nach. Nicht, weil Pia-Schrägstrich-ich gerade dank der YouTube-Tutorials ziemlich gut mit dem Eyeliner umgehen konnte. Sondern weil er meine Augen besser zur Geltung brachte. Ohne ihn kam mir mein Gesicht neuerdings farblos und ohne jeden Ausdruck vor.

Leider hatte ich diesen Satz in Petrownas Geschichte gelesen.

Ich hatte natürlich das Ende gelesen. Ich hatte alles gelesen – auch wenn der Text ins Endlose weitergewachsen war wie diese Schlange bei dem Spiel, das früher auf den Nokia-Handys installiert war. Es waren ganz schön viele Seiten. Aber sie waren so schnell gelesen, dass ich sie schon wieder ein zweites Mal von vorn anfangen musste, weil ich einfach nicht genug davon kriegen konnte.

Ich wusste nicht, wie ich es Petrowna erklären sollte, doch genau wegen dieser Seiten war ich ihr eine ganze Woche lang aus dem Weg gegangen. So etwas passierte zum ersten Mal in der Geschichte unserer Freundschaft, denn meistens, wurde mir gerade bewusst, war ich diejenige, die Petrowna hinterherrannte.

Diesmal waren die Rollen vertauscht. Petrowna suchte mich ständig mit den Augen, aber ich wich ihr aus. Ich hatte mich stattdessen nach der Schule zweimal mit Anabell getroffen, die von Petrowna nur als »Prinzessin Schlafmittel« bezeichnet wurde und deren Namen sich meine Mutter nach dem ersten Elternabend ein für alle Mal gemerkt hatte, weil Anabells Vater in irgendeinem Vorstand saß.

Anabell sah aus wie ein Model und hatte sich, wie sie mir gestand, in meine iPhone-Hülle verliebt. Wir unterhielten uns an zwei Tagen jeweils mindestens zwei Stunden über iPhone-Hüllen. Meine hatte mir mein Vater aus London mitgebracht. Anabell fotografierte sie aus mehreren Perspektiven mit ihrem iPhone, um ihrem Vater ganz genaue Hinweise geben zu können. Auf die Frage, was sie zuletzt gelesen hatte (ich konnte selbst nicht fassen, dass ich das fragte), hatte Anabell nur »Wie meinst du das?« geantwortet.

Ich fand es zur Abwechslung trotzdem ganz wohltuend. Ich hoffte, dass ihr Geplapper mir helfen könnte, Petrownas Verrat zu vergessen. Ich wollte ihr auch wehtun. Selbst wenn Petrowna das Superbrain der Klasse, der Schule und der ganzen Welt war – niemand hatte ihr erlaubt, mich auf ihrem Samsung derart zu vernichten.

Und niemand konnte mir weismachen, dass es ihr dabei um Jasper ging.

Sie hatte aus mir eine derart lächerliche Person gemacht, dass es mir den Atem nahm. Nicht nur, dass sie bei dem Namen Pia geblieben war. Einen anderen hätte ihre Figur nämlich abgelehnt, meinte sie – wie das jetzt gemeint war, blieb mir schleierhaft.

Das Mädchen war auch sonst gnadenlos peinlich. Sie war reich und verwöhnt, lebte ohne Geschwister in einer Riesenvilla und schmachtete Jasper total an. Kein Wunder, er war echt ein super Typ. Leider hatte Petrowna das so überzeugend geschildert, dass ich ihr alles glauben konnte.

Ich sah diese Pia vor meinem inneren Auge. Ich sah den unfassbar süßen Jungen mit der unentdeckten Allergie mit seinem Hund im Park spazieren. Das Einzige, was ich mir nicht erklären konnte, war, was ein so toller Typ an einer derart nervigen Trine fand. Er konnte doch nicht von Anfang an ahnen, dass sie am Ende sein Leben retten würde.

Petrowna und ich waren so viele Jahre lang beste Freundinnen gewesen, bis ich endlich auf diese Weise erfahren musste, wie wenig sie von mir hielt. Darüber konnte ich mit niemandem sprechen, schon gar nicht mit ihr.

Jetzt standen wir immer noch vor dem Spiegel auf dem Mädchenklo und sie wartete auf eine Antwort von mir.

»Ich habe nichts gelesen«, log ich, um nicht weiter darüber sprechen zu müssen. »Ich werde nie wieder ein Buch lesen.«

Ich klingelte an Leahs Tür, darauf gefasst, sie im löchrigen Pyjama oder eingewickelt in eine Decke vorzufinden. Aber als sie die Tür aufriss, blinzelte ich eine Weile ins Gegenlicht, bis ich sie erkannte. Sie hatte die Haare hochgesteckt, trug einen schwarzen Anzug und hatte ziemlich erfolgreich die tiefen Schatten unter ihren Augen überschminkt.

»Ich kann jetzt nicht«, sagte sie, als sie mich sah. »Lebt er noch?«

»Noch.« Ich schob meinen Fuß in die Tür. »Wieso sind Sie so schick?«

»Hab ein Interview mit Fotoshooting.« Sie zog mich am Ärmel rein und schlug die Tür zu. »Wieso kreuzt du hier einfach so auf? Weißt du nicht, dass heutzutage selbst ein Anruf unhöflich ist?«

»Fangen Sie nicht auch noch an«, sagte ich. »Mein Leben

ist zerstört. Jetzt habe ich meine beste Freundin verloren und alles liegt an Ihnen.«

»Willst du mir vielleicht auch den Krieg in Syrien und die niedrigen Sparzinsen in die Schuhe schieben?« Leah verteilte mit einem Pinsel etwas mehr Puder in ihrem Gesicht. »Ich muss gehen. Kannst es mir im Taxi erzählen.«

Kurz darauf saß ich neben Leah auf dem Rücksitz eines Taxis und erzählte, was Petrowna mir angetan hatte. Wie sie mir das Herz gebrochen hatte. Mit einem Handy und vielen, vielen Buchstaben.

»Deine Migrantenfreundin? Hast du sie endlich gefragt, ob sie mal Zeit für mich hat?«

»Ich erzähle Ihnen doch gerade etwas wirklich Wichtiges, Mann!«

»Okay. Geht diese andere Geschichte gut aus? Lebt der Junge am Ende? Dann musst du doch glücklich sein.«

»Ich bin nicht glücklich«, sagte ich. »Ich fühle mich missbraucht. Wie so ein ausgenommener Fisch.«

»Kann es sein, dass man es dir nicht recht machen kann?« Leah zupfte unsichtbare Staubflusen von ihrem Ärmel. »Ist der Junge tot, gefällt dir das nicht. Ist der Junge glücklich verliebt, beschwerst du dich schon wieder.«

»Sie hat beschrieben, wie wir uns küssen! Ich fühle mich, als hätte ich es getan! Nein, eher so, als müsste ich es jetzt tun. Besser als diese blöde Pia.«

»Das ist mir zu hoch.« Leah betrachtete sich in einem Handspiegel. »Es ist nur ein Buch. In diesem Fall sogar nur ein Manuskript. Das hat nichts zu bedeuten.«

»Sie verstehen wirklich nichts von Büchern!«, sagte ich wütend. Aber warum lachte sie jetzt?

»Können Sie nicht eine Geschichte über zwei Mädchen schreiben, die alles irgendwie rückgängig macht? Damit ich einfach von vorn anfangen kann?«

Leah seufzte. »Deine Schule hat mir übrigens angeboten, einen Workshop zu leiten. Soll ich zusagen?«

»Warum hören Sie immer nur sich selbst zu?«, explodierte ich. »Und wo fahren wir überhaupt hin? Ich will an der nächsten U-Bahn-Station raus!«

»Erwarte nie Dankbarkeit«, sagte Leah. »Das lass ich mir auf den Oberschenkel tätowieren.« Und brüllte zum Fahrer rüber, als sei er schwerhörig: »Lassen Sie die Kleine bitte dort an der Ecke raus.«

13

Anabell und ich gingen ins Kino, um uns den neuesten Disney-Blockbuster anzuschauen. Uns verbanden nicht nur iPhone-Hüllen, sondern auch die Liebe zu Animationsfilmen. Einen Liebesfilm wollte ich um jeden Preis vermeiden, weil ich das Gefühl hatte, dass es mir hinterher noch schlechter gehen würde. Wir kauften gerade Popcorn und Club-Mate, als ich hinter mir vertraute Stimmen hörte. Merkwürdigerweise erkannte ich Jasper zuerst.

»Ich finde diese gigantischen Popcorn-Eimer abartig, aber wenn man einen kauft, ist er dann doch ruckzuck leer«, sagte er.

»Abartig ist etwas anders«, antwortete Petrowna ungewohnt sanft.

Ich fuhr herum. Sie sahen mich immer noch nicht. Ich war ja auch kleiner. Außerdem leuchtete Anabell neben mir so blond, dass ich mich besonders unauffällig fühlte. Jasper und Petrowna standen recht dicht beieinander, aber nicht wie ein Paar, mehr wie gute Freunde. Wie Jasper und ich neulich. Wie Petrowna und ich früher. Wir hätten uns sogar an den Händen oder in den Armen gehalten. Das taten die beiden hier nicht.

Ich kann auf Überraschungen nicht gut reagieren. Ich erstarre dann. So wie jetzt auch. Anabell schubste mich an, sie konnte sich nicht zwischen salzigem und süßem Popcorn entscheiden. Sie drehte sich zu mir, damit zwangsläufig auch in die Richtung, in die ich gerade starrte.

»Wow!«, sagte sie. »Schon gesehen? Was will er mit ihr?«

»Was will sie mit ihm?«, murmelte ich.

In diesem Moment entdeckten sie uns.

Ich hatte Petrowna schon in vielen Gefühlszuständen erlebt. Wütend (oft), gleichgültig (öfter), fröhlich (selten), unberechenbar (ständig), cool (die meiste Zeit), aber verloren hatte sie noch nie gewirkt. Und sie wurde offenbar schon wieder rot. Sie leuchtete geradezu im Halbdunkel. Dabei wirkte ihr Gesicht auf einmal hilflos und sie bekam Grübchen wie ein kleines Kind.

Der Einzige, der sich ungetrübt freute, war Jasper. »Geht ihr auch in diesen Tierfilm? Dann könnten wir nebeneinandersitzen«, grinste er.

Anabell neben mir zuckte. Petrowna auch. Mir hatte es ebenfalls kurz die Sprache verschlagen. Ich betrachtete Jaspers Wimpern, die an den Spitzen rötlich waren, genau so, wie Petrowna es in ihrem Buch beschrieben hatte. Dass mir das bis jetzt noch nie aufgefallen war.

»Wir wollen lieber nicht stören«, sagte Anabell mit einer Stimme, mit der sie auch Prinzessinnen in Disney-Filmen hätte synchronisieren können. Dabei verdrehte sie anzüglich die Augen. Petrowna würdigte sie keines Blickes. Sie schaute mich an – einerseits von oben, aber dabei merkwürdigerweise trotzdem so, als wäre sie klein und ich groß. Ich wusste damit nichts anzufangen. Jasper wollte ich schon gar nicht anschauen, das machte mich fast genauso traurig wie Petrownas Anblick.

»Wir haben sowieso feste Plätze«, sagte ich. »Am besten, wir behalten die. Nicht, dass es noch Ärger gibt.«

»Du hast recht«, sagte Jasper. »Aber wir können ja danach was zusammen machen.«

Nach dem Film wollte ich so schnell wie möglich nach Hause, aber Anabell brauchte dringend »eine Portion Abend-Pasta« bei Vapiano. Zum Glück schmeckte es ihr nicht, und sie rief nach dem ersten Bissen ihre Mutter an, die sie wenige Minuten später abholte, als hätte sie im Auto an der nächsten Ecke gelauert.

Alle atmeten aus, als Anabell endlich weg war. Wenig später standen wir zu dritt vor dem U-Bahn-Eingang. Ich schaute Jasper an, er Petrowna und sie mich.

»Ich bring dich nach Hause«, sagte Jasper zu Petrowna.

»Dich natürlich auch«, fiel ihm paar Sekunden später ein. Dazu lächelte er verlegen, was mich fast zum Heulen brachte.

»Du musst doch in die andere Richtung«, sagte Petrowna.

»Egal«, grinste Jasper.

Ich sagte nichts, weil ich hier so fehl am Platz war.

»Mach dir keine Sorgen, wir tun unterwegs niemandem

weh und klauen auch keine Handtaschen.« Petrowna sah Jasper beim Sprechen in die Augen und ich fühlte mich wie ein Kaugummi an ihrer Schuhsohle.

»Versprochen?«, fragte Jasper.

»Sonst noch was«, sagte Petrowna und küsste Jasper zum Abschied auf den Mund.

»Ich kann es erklären«, sagte sie in der U-Bahn, obwohl ich keine Erklärungen von ihr verlangte. »Du musst wirklich das Schlimmste von mir denken. Nein, ich kann es nicht erklären. Ich weiß nicht, was ich sagen soll.«

»Erklär mir lieber dein Buch«, flüsterte ich. »Hast du neun Schuljahre gewartet, um mir all das zu sagen, was du aufgeschrieben hast?«

»Was laberst du? Moment.« Petrowna packte mich an den Schultern. »Worum geht es dir gerade?«

»Um mich.« Dann merkte ich selbst, dass ich das lieber nicht gesagt hätte. »Um uns«, korrigierte ich mich. »Um alles. Vor allem um Jasper.«

»Wenn ich gewusst hätte, dass die Sache so ausgeht, hätte ich dieses blöde Buch doch nie geschrieben«, sagte Petrowna.

Ich nickte. »Wäre echt besser gewesen.«

»Ich weiß.« Sie ließ die Schultern hängen. »Ich kann dir gar nicht sagen, wann es zu kippen begann. Ich wollte erst deine Geschichte schreiben, ich wollte sie richtig gut machen, besser als Leah, aber dann …«

»… musstest du eben doch ein bisschen Spaß auf meine Kosten haben.« Ich blinzelte die Tränen weg.

»Wieso schon wieder auf deine?!«, fragte Petrowna ungewohnt begriffsstutzig.

»Weil ich doch diese Pia bin und die ist so was von bescheuert! «

Petrowna starrte mich an. Ihr Mund ging auf und wieder zu. Und wieder auf. Dann räusperte sie sich.

»Ich glaube, du hast gar nichts verstanden, Schatz. Diese Pia hat, von den ersten Seiten abgesehen, nichts mit dir zu tun. Sie ist ich.«

War ich überrascht? Nein. Ich war schockiert, ich war von den Socken. Konnte ich mich da wirklich so getäuscht haben?

»Aber sie ist hässlich«, wandte ich schwach ein.

»Ist sie nicht!«, empörte sich Petrowna, als hätte ich ihre Lieblingscousine beleidigt. »Du hast einfach keinen Geschmack.«

»Sie ist ein reiches und verwöhntes Einzelkind!« Diesmal war die Logik wirklich auf meiner Seite.

»Man wird doch wenigstens in seinem eigenen Buch ein wenig träumen dürfen!«, brüllte Petrowna.

»Ihre Mutter ist auf einer Farm in Südafrika geboren!«

»Natürlich musste ich Sachen verfremden, ich wollte ja nicht, dass du sofort merkst, dass ich über mich schreibe.«

»Und wer ist dann dieser Typ, der im Buch Max heißt?« fragte ich vorsichtshalber. Vielleicht hatte ich auch das missverstanden.

»Na, *das* weißt du doch«, murmelte Petrowna. »Ich fürchte, ich hab mich da in etwas hineingeschrieben.«

Danach sagten wir gar nichts, bis wir an meiner Station ankamen, ausstiegen und sieben Minuten zu unserem Tor liefen. Dort blieben wir stehen und schwiegen.

»Lach nur«, sagte Petrowna demütig.

»Kann grad nicht. Vielleicht morgen«, sagte ich, obwohl ich nicht daran glaubte.

»Kannst mich auch schlagen, wenn du willst.« Und sie beugte sich zu mir runter, damit ich leichter an sie rankam.

Ich zerzauste ihr in die Haare, dann wischte ich meine Hand an ihrer Jacke ab.

»Seit wann benutzt du Haargel, Petrowna?«

»Hör auf! Reicht dir nicht, wie tief ich schon gefallen bin? Und übrigens«, Petrowna drehte sich zu unserem Haus, »deine Mutter hält es gleich nicht mehr aus. Der Küchenvorhang wackelt schon die ganze Zeit.« Und sie legte mir einen Arm um die Schulter und winkte mit dem anderen in Richtung Fenster.

Fast zeitgleich ging die Eingangstür auf. Meine Mutter hatte sich einen Schal über den Schlafanzug geworfen und gähnte im Licht unserer Gartenlaterne.

»Kommt rein«, sagte sie. »Ich will euch nicht länger hinterherspionieren.«

»Ich auch?«, fragte Petrowna erstaunt.

»Du auch. Sonst bleibt sie ja deinetwegen die ganze Nacht auf der Straße.«

Petrowna atmete laut ein und aus. »Danke schön. Aber ich glaube, ich muss jetzt wirklich.«

Meine Mutter zuckte mit den Schultern, ging wieder rein und ließ die Tür angelehnt.

Petrowna war nach Hause gegangen und ich lag in meinem Bett und las noch einmal ihre Geschichte durch. Ich verstand gar nicht mehr, wie ich so wütend hatte sein können. Und so blind. Alles, was Petrowna mir gerade gesagt hatte, stimmte. Ein paar Worte reichten, und ich hatte auf einmal ein ganz anderes Buch vor mir, das leider nichts mehr mit mir zu tun hatte.

Ich schob das iPhone unter mein Kopfkissen, drehte mich auf die Seite und schloss die Augen. Ich dachte an die echte Petrowna, die sich hinter einem ausgedachten Mädchen verstecken wollte. Die offenbar gern so eine doofe, langweilige Tussi wie das Mädchen in ihrem Buch gewesen wäre. Die lieber reich und langweilig sein wollte als spannend.

Einmal, als Petrowna und ich dreizehn waren, hatte sie eine Woche lang keine Zeit für mich gehabt. Sie fehlte auch unentschuldigt in der Schule. Am Ende dieser Woche tauchte sie auf und sagte, dass sie heiraten wolle. Der Typ war ein angeheirateter Onkel zweiten Grades, erst zwanzig und schon Vizepräsident eines aserbaidschanischen Hackerrings, sagte Petrowna. Deswegen durfte ihn niemand außer ihr treffen, sonst hätte man sofort die deutsche Polizei am Hals.

Er sei die Liebe ihres Lebens, hatte Petrowna mit fester Stimme gesagt, während wir uns einen Eisbecher teilten und aufpassten, dass wir die Schlagsahne und die Schokostreusel gerecht aufteilten. Sie hatte mir ein Foto gezeigt, von dem mir nur die Kapuze in Erinnerung geblieben war.

Ich war damals nicht erstaunt. Die Geschichte passte zu Petrowna. Der gefährliche Bandenchef wäre genau der Typ, den ich an ihrer Seite erwartet hätte.

Drei weitere Tage später war Petrowna allerdings schon wieder normal. Zu mir sagte sie nur, der Verlobte und sie hätten sich wegen unterschiedlicher Wertvorstellungen wieder getrennt. In meinem Kopf blieb das Wissen zurück, dass normale Jungs nichts für meine Freundin waren.

Und jetzt küsste sie Jasper. Jasper, den ich am Anfang überhaupt nicht wahrgenommen hatte. Und später dann immer noch für langweilig hielt, weil er zu nett war, um interessant zu sein. Bis ich Petrownas Buch gelesen hatte. Seit ich ihn mit den Augen dieser Pia sah, war alles anders.

Aber mit Petrowna, die schon einmal fast eine verheiratete Frau gewesen war, konnte ich nie im Leben konkurrieren.

Ich konnte höchstens weiter versuchen, Jaspers Leben zu retten.

»Da ist nichts«, sagte Petrowna zwei Tage später. »Ich habe ihn zu all seinen Krankheiten befragt. Er ist gesund. Er ist noch nie gestochen worden. Ich hab ihm gesagt, man müsse trotzdem aufpassen, unbekannte Allergie und so, aber er hat nur gegrinst.«

Sie war seit Stunden auf irgendwelchen medizinischen Websites unterwegs und informierte sich darüber, was man im Falle eines allergischen Schocks nach einem Insektenstich unternehmen müsste. In ihrem Buch hatte Pia den Stachel mit den Zähnen rausgezogen und Max damit vor dem sicheren Tod bewahrt. Im richtigen Leben wusste Petrowna, dass es nicht so einfach gehen würde.

»Das Wichtigste ist, Ruhe zu bewahren«, las sie laut vor. »Durch vorsichtiges Kratzen kann der Stachel entfernt werden, ohne dass weiteres Gift in den Kreislauf gelangt.«

»Das kannst dann du machen«, sagte ich.

»Danach Beine hochlagern und Notarzt rufen«, las Petrowna weiter. »Na toll. Warte, hier steht, man kann auch antiallergische Medikamente geben. Wenn man welche hat.«

Die Apothekerin trug eine Hornbrille unter ihrem geraden grauen Pony. Die Augen befanden sich genau dazwischen, weil die Brille auf die Nasenspitze runtergerutscht war.

»Wie war das noch mal?«, fragte sie.

»Ich hätte gern Adrenalin, ein Antihistaminikum, Kortison und ein Beta-2-Mimetikum«, las ich von einem Zettel ab. Ich hatte die Sachen von der Seite abgeschrieben, die Petrowna gefunden hatte. Sie selbst hätte sich bestimmt alles gleich gemerkt.

»Um damit was zu tun?« Die Augen der Apothekerin wurden schmaler.

»Um jemanden in einem Notfall zu retten«, sagte ich. »Nach einem Schock.«

Die Apothekerin schob sich die Brille in die Stirn. »Und wen, wenn ich fragen darf?«

»Einen Bekannten.« Ich schluckte. »Den Freund einer

Freundin. Wir haben Hinweise auf einen möglichen Insektenstich. Und er könnte allergisch sein und in seinen besten Jahren sterben.«

»Hinweise auf einen Stich? Von Bienengeheimdiensten?« Die Apothekerin schaute zwar immer noch streng, aber ich wurde das Gefühl nicht los, dass sie sich gerade amüsierte.

»Ist dein Freund gegen Insektenstiche allergisch?«, fragte die Apothekerin schließlich mit einem Seufzer.

Wahrscheinlich hätte ich lügen müssen. Stattdessen zuckte ich nur mit den Schultern. »Ich kann es nicht ausschließen.«

»Das ist so ein Spiel, oder?«, fragte die Apothekerin.

»Nein!«, sagte ich. »Es geht um Leben und Tod.«

»Jetzt gerade?«

»Nein, jetzt noch nicht. Wahrscheinlich im Mai oder Juni.«

»Dann hast du bestimmt spätestens dann ein Rezept für mich«, sagte die Apothekerin.

Ein Rezept! Daran hatte ich gar nicht gedacht.

»Wenn jemand vor Ihren Augen stirbt, fragen Sie ihn dann auch nach einem Rezept?«

»Nein«, sagte die Apothekerin. »Ich rufe den Notarzt. So, du bist nicht die Einzige hier. Auf Wiedersehen.«

Sie griff in ihre Schublade und reichte mir in der flachen Hand vier bunte Traubenzucker.

Im Grunde hätte ich mich jetzt zurücklehnen können. Jasper war nicht mehr mein Problem, sondern Petrownas. Und zugleich ihr Glück. Was sollte ihm jetzt noch passieren? Keine

Wespe konnte etwas gegen Petrownas Entschlossenheit ausrichten.

Ich hatte ihr von meinem Besuch in der Apotheke erzählt – und damit offiziell die Verantwortung abgegeben. Dabei war es mir sogar gelungen, erleichtert zu lächeln, auch wenn Petrowna sofort fragte, warum ich so eine komische Grimasse mache – »wie mein Opa nach einem Zahnarztbesuch«.

Petrowna hatte ihre Geschichte nach dem Besuch in der Apotheke noch mal überarbeitet: Der Junge wurde gestochen, und Pia rettete ihm das Leben, indem sie den Stachel ordnungsgemäß rauszog und ihm eine Notfallspritze in den Oberarm rammte. Großes Kino! Ich lobte die Nachbesserungen und hoffte insgeheim, dass Petrowna nicht noch mehr Ideen entwickelte. Es wurde nämlich nervig, immer das Gleiche mit kleinen Veränderungen zu lesen. Und noch dazu tat es weh.

»Schreib lieber eine Fortsetzung«, sagte ich und fühlte mich wie eine schreckliche Schleimerin, weil Petrowna daraufhin so strahlte.

Für mich blieb nichts mehr zu tun. Ich brauchte sowieso dringend eine Pause. Die bekam ich auch: Petrowna hatte schon wieder keine Zeit für mich. In der Klasse schaute sie Jasper an und schickte ihm Nachrichten unter der Bank. In der Pause warf sie mir ihren Hefter zum Abschreiben hin und zog sich mit Jasper zum Knutschen auf den Raucherhof zurück. Wenn ich sie etwas fragte, antwortete sie nicht, vermutlich, weil sie gerade in Gedanken mit Jasper in der Badewanne saß.

14

Als meine Mutter mir sagte, sie habe lange nichts mehr von Petrowna gehört, verdrehte ich die Augen, um mein Herzstechen zu überspielen.

»Vielleicht wegen dem Hausverbot?«, fragte ich ganz cool.

»Ach«, sagte meine Mutter. »Das ist doch ein alter Hut. Ihr wart damals noch so klein.«

»Jetzt ist es zu spät. Sie hat keine Zeit mehr für mich.«

»Aha, sie hat einen Freund!« Manchmal kapierte meine Mutter erstaunlich schnell. »Wann hast du eigentlich mal einen?«

Ich ersparte uns beiden weitere Peinlichkeiten, indem ich so tat, als würde ich meine Mutter gar nicht hören. Stattdessen schrieb ich eine Nachricht an Petrowna. Wider Erwarten antwortete sie sofort, wahrscheinlich zum ersten Mal in den letzten Wochen.

Hab dich vermisst, schrieb sie. *Kann ich eigentlich mal bei dir schlafen?*

Dann machte ich etwas Ungewöhnliches. Ich drehte mich zu meiner Mutter und zeigte ihr Petrownas Antwort auf meinem Telefon. Alle anderen Nachrichten deckte ich gründlich mit den Fingern ab.

»Wenn sie uns das Haus nicht auseinandernimmt«, sagte meine Mutter zögernd.

»Sie war damals so klein«, wiederholte ich ihre Worte von vorhin. »Heißt das eigentlich, das Hausverbot ist jetzt offiziell aufgehoben?«

»Vielleicht auf Bewährung«, sagte meine Mutter. »Und wenn sie sich vor dem Essen die Hände wäscht.«

Petrowna wusch sich die Hände viel öfter als meine Mutter. Für sie gehört das zur zivilisierten Welt dazu, meinte sie immer. Meine Mutter dagegen vergaß es immer wieder, auch wenn sie auf Toilette gewesen war. Manchmal drehte sie einfach nur den Wasserhahn auf und wieder zu, ohne sich die Finger nass zu machen. Das hatte ich ein paar Mal beobachtet. Was dieser Vorgang bringen sollte, war mir ein Rätsel.

Petrowna wusch sich nicht nur jedes Mal die Hände, wenn sie auf dem Klo gewesen war, sondern auch vorher. Und wenn sie nach Hause kam. Und wenn sie mit der U-Bahn gefahren war, seifte sie sich die Finger zweimal ein. Vor dem Essen sowieso. Und wenn sie rohe Eier angefasst hatte.

»Auf der Schale sind Salmonellen«, erklärte sie mir.

»Niedlich«, sagte ich.

Unsere Smartphones lagen nebeneinander auf dem Tisch. Wir hatten auf Chefkoch.de Rezepte für Pancakes rausgesucht und versuchten, uns auf eines zu einigen. Petrowna schrie mich an, ich würde Eigelb auf ihr Display tropfen. Jetzt seien die Salmonellen schon auf ihrem Samsung und das könne man nicht waschen.

Meine Mutter tauchte am späten Morgen auf und ich atmete erleichtert auf: Sie war fast normal angezogen. Ein Schlafanzug, dessen Hosenbeine zwar kurz waren, aber wenigstens gestreift. Das war ein Fortschritt. Einen Monat vorher hatte sie sich mit Schlafanzügen eingedeckt, auf die all die Disney-Figuren gedruckt waren, die ich im Kindergarten geliebt hatte. Ich bettelte sie an, sie alle komplett mir zu geben. Nicht, weil ich sie tragen wollte. Ich wollte sie heimlich zu den Altkleidern geben.

Petrowna und ich hatten geredet. Zum ersten Mal hatten wir eine ganze Nacht dafür. Ich hatte mir etwas Sorgen gemacht, dass wir vielleicht nicht mehr wüssten, was wir uns sagen sollten. Oder dass wir uns anschreien oder vielleicht auch mit Fäusten aufeinander losgehen könnten. Oder, noch schlimmer: dass sie nur über Jasper reden würde.

Keine der Befürchtungen erfüllte sich. Petrowna sagte auch kein Wort über Jasper. Ab und zu leuchtete nur ihr Samsung auf. Dann tippte sie hastig etwas ein, aber so, dass ich ihr nicht über die Schulter sehen konnte.

Einmal sagte sie: »In Büchern ist alles cooler als im Leben. Selbst wenn man sie selbst geschrieben hat.« Als ich sie fragte, was sie meine, winkte sie nur ab. Sie hörte mir zu, viel aufmerksamer als früher. Ich erzählte ihr davon, wie komisch ich es fand, dass mein Vater jetzt noch ein Kind bekam. Und dass ich mich fragte, ob es mir ähnlich sehen würde.

»Bestimmt«, antwortete Petrowna. »Das Pech hat es unter Garantie.«

Wir redeten darüber, wie wir sein wollten, wenn wir uralt wären – zwanzig oder zweiundzwanzig. Wir versprachen uns, dann zusammenzuwohnen, einen Riesenfernseher zu kaufen und uns immer heiße Zitrone zu machen, wenn eine von uns krank werden sollte.

Jetzt, am Morgen, waren wir vor Müdigkeit völlig fertig. Nun stritten wir darüber, ob wir Butter oder Sonnenblumenöl für die Pfanne nehmen sollten. Wir hatten vier Rezepte zur Auswahl und in jedem stand etwas anders drin.

»Butterschmalz«, mischte sich meine Mutter ein und stellte eine Plastikpackung auf den Tisch.

Petrowna studierte die Verpackung von allen Seiten, nickte, schnitt ein Stück ab und schmiss es in die Pfanne, wo es sofort verbrutzelte. Meine Mutter sah zu, wie wir den Teig in die Pfanne gaben und versuchten, die Pancakes rechtzeitig zu wenden – wenn sie nicht mehr flüssig waren, aber auch noch nicht schwarz. Das gelang in etwa bei jedem dritten. Die Fetzen der anderen häuften wir auf einen Extrateller. Die schmeckten eigentlich besonders gut.

»Kann ich auch einen haben?«, fragte meine Mutter.

Ich begann, für sie das Angebrannte von einem Pfannkuchen runterzukratzen, der etwas vorzeigbarer war. Aber sie nahm ihn mir weg und stopfte ihn sich komplett in den Mund.

»Du bist aber ein netter Gast«, sagte sie zu Petrowna.

»Danke schön«, sagte Petrowna mit ihrer sanftesten Stimme.

»Was willst du eigentlich später werden? So beruflich?«, fragte meine Mutter.

Ich verdrehte die Augen. Aber Petrowna blieb entspannt.

»Ich werde Informatik studieren«, sagte sie und meine Mutter sah sie anerkennend an.

Ich wusste, dass Petrowna nicht die Wahrheit sagte. Jedenfalls nicht die ganze. Vor Kurzem war es noch Raumfahrttechnik gewesen.

Meine Mutter aß drei weitere Pfannkuchen mit Nutella, dann ließ sie uns allein. Das Samsung vibrierte. Petrowna putzte den Teig vom Display und steckte es wieder ein. »Er nervt«, sagte sie. »Aber ich muss los.«

»Und aufräumen?!«, fragte ich.

»Wir haben uns doch geeinigt. Wenn wir zusammenwohnen, koche ich und du machst sauber«, sagte Petrowna.

Dann erbarmte sie sich aber doch, putzte schnell mit einem Mickymaus-Schlafanzugoberteil meiner Mutter die Teigspritzer von den Schränken und vom Boden und ging.

Ich hatte mich zu früh gefreut. Ich hatte gehofft, meine Geschichte wäre damit zu Ende. Petrowna hatte sie ja neu geschrieben. Auch wenn es wehgetan hatte: Sie hatte es geschafft, sich selbst reinzuschreiben und mich damit in die Freiheit zu entlassen. Aber meine Hoffnung währte nicht lange.

Petrowna trennte sich drei Wochen vor dem Picknick von Jasper und wies jede Verantwortung für sein weiteres Schicksal von sich.

»Tut mir leid«, sagte sie zu mir. »Ich habe einfach eine Überdosis von seinem Grinsen. Wenn ich es noch einmal sehe, muss ich schreien. Ich kann nicht mehr über ihn reden und nicht einmal mehr an ihn denken. Besprich das ab jetzt bitte mit jemand anderem.«

»Aber das war alles anders geplant!«, protestierte ich entsetzt. »Das kannst du mir nicht antun!«

»Ich kann nichts für meine Gefühle«, sagte Petrowna. »Und ich hab getan, was ich konnte. Du musst dich nicht mehr zuständig fühlen. Und ich erst recht nicht.«

»Was macht dich da so sicher?«

»Nichts. Aber es ist mir jetzt einfach egal.«

»Und wenn er stirbt?«

»So, wie er grinst, wird er auch mit hundert noch nicht sterben«, sagte Petrowna. »Das wäre selbst in einem Buch total unglaubwürdig.«

Warum bloß beruhigte mich das nicht?

»Von allen Verraten, die ich mit dir erlebt habe, ist das der heftigste«, sagte ich.

»Wenn du das jedes Mal behauptest, wird es langsam langweilig«, sagte Petrowna.

Fürs Klassenpicknick hatte meine Mutter Karotten und Gurken in Sticks geschnitten und irgendeine Pampe aus Bohnen püriert. Ich hatte mich geweigert, das mitzunehmen, aber meine Mutter zuckte nur heiter mit den Schultern. Überhaupt war sie neuerdings konstant guter Laune. Vielleicht nahm sie Drogen. Oder der Mann aus dem Buch war in ihr Leben getreten.

Auf den drei ausgebreiteten Picknickdecken gab es aber auch viel gutes Essen. Petrowna hatte irgendwelches gerolltes Zeug mit Schafskäse mitgebracht, das sehr lecker war. Außerdem gab es Kuchen, Salate und frisches Weißbrot. Die Eltern standen in kleinen Grüppchen zusammen, die Klasse bildete einen Pulk, der sich immer weiter von den Picknickdecken und den aufmerksamen Blicken der Erwachsenen wegschob. Frau Meier war wieder zurück von ihrem Burnout und bekam vom Elternbeirat einen Blumenstrauß. Wofür, war unklar. Vielleicht, weil sie den Mut hatte, sich überhaupt wieder in die Nähe unserer Klasse zu wagen.

Meine Mutter unterhielt sich mit Petrownas Vater, der nicht nur eine dicke Brille, sondern inzwischen auch noch einen bemerkenswerten Schnurrbart hatte. Aus seiner Brusttasche ragten eine Gabel und ein Kugelschreiber. Petrowna selbst konnte ich nirgends mehr entdecken. Wahrscheinlich war sie längst irgendwo anders, in einem anderen Park, in einer anderen Welt. Auf einem Klassenfest mit Jasper war es ihr jedenfalls zu eng, hatte sie mir vorher erklärt. In der Trennungsphase habe sie selbst eine Allergie entwickelt, und zwar gegen ihn.

Ich wäre auch gern beim Pulk gewesen. Aber ich saß neben Jasper im Gras. Jasper lag auf dem Rücken und schaute in den Himmel. Seit Petrowna ihn verlassen hatte, grinste er nicht mehr. Neben ihm lag sein Hund, den ich ab und zu streichelte. Mir war die ganze Zeit klar, dass alle das Falsche dachten, wenn sie uns so nebeneinander sahen. Jasper wollte nicht mit mir reden, nicht einmal mich anschauen. Vielleicht erinnerte ich ihn an Petrowna.

Ich war sauer auf Jasper, weil er es mir so schwer machte. Auf der anderen Seite war es einfacher, auf ihn aufzupassen, wenn er an einem Ort blieb und nicht mit den anderen durch die Gegend zog.

Es war das Einzige, was ich tun konnte. Das war mir klar geworden. Ich konnte mich nicht ändern, ich konnte den Rahmen der Handlung nicht sprengen, egal wer sich diese Handlung ausgedacht hatte. Ich konnte Petrowna nicht zwingen, ihn zu lieben. Ich konnte mich selbst noch weniger zwingen, damit aufzuhören. Ich konnte nur ich sein und niemand sonst.

Ich verscheuchte in diesen Stunden drei Wespen und fünf Bienen. Als Jasper sich ausgerechnet ein umschwirrtes Stück Wassermelone nahm, setzte mein Herz aus. Einmal musste ich ein brummendes Vieh von seinem Ärmel streifen. Er wich mir aus, und ich spürte, wie ich dabei rot wurde.

Alle warfen Blicke in unsere Richtung und lächelten teils gütig, teils spöttisch. Mein Vater, der ohne Alicia, dafür mit drei Packungen Schokoküssen gekommen war, zwinkerte mir zu. Meine Eltern unterhielten sich wie gute Bekannte, jedenfalls sah es von außen so aus. Wahrscheinlich redeten sie darüber, dass ich jetzt, wo er endlich eine größere Wohnung gefunden hatte, jedes zweite Wochenende bei meinem Vater verbringen sollte.

Es war das anstrengendste und zugleich das langweiligste Picknick aller Zeiten. Ich verpasste alles, was von Interesse hätte sein können, weil ich nicht von Jaspers Seite wich. Ich stand erst auf, als es dunkel wurde. Ich fragte extra unseren Biolehrer, der den Deckel seiner Tupperdose suchte, ob Bienen und Wespen in der Dunkelheit noch flogen. Er sagte, ausgeschlossen. Die Eltern räumten die Reste zusammen, ein Teil der Klasse wollte noch weiterziehen. Jasper stand auf und ging zu seinem Fahrrad. Sein Hund trottete ihm hinterher.

»He, Jasper«, rief ich. »Schickst du mir eine Nachricht, wenn du zu Hause angekommen bist?«

»Aber sicher, mein Schatz«, antwortete er.

Natürlich bekam ich kein Wort von ihm.

Und so ging diese Geschichte fast zu Ende. Das Picknick, vor dem ich mich seit Monaten gefürchtet hatte, war ganz ohne Zwischenfälle verlaufen. Jasper ging mir seitdem aus dem Weg, weil er das Gefühl hatte, dass ich ihn erstens verfolge und zweitens mindestens eine Schraube locker habe.

Ich hatte mich für ihn bis auf die Knochen blamiert. Die ganze Klasse und alle Eltern, inklusive meiner eigenen, hatten zugeschaut, wie ich Jasper auf die Pelle rückte und Insekten von seinen Gliedmaßen verscheuchte. Als hätte ich eine Chance gewittert, jetzt, wo er und Petrowna nicht mehr zusammen waren. Schließlich wusste außer Petrowna niemand, dass er sich zuerst für mich interessiert hatte.

Es hätte kaum etwas Peinlicheres geben können. Und dennoch war es das Schönste, was mir passieren konnte. Denn Jasper war nicht gestorben. Dafür hätte ich mich noch dreimal zum Affen gemacht und es nicht bereut.

15

Zweieinhalb Monate später

Nach den Ferien kam Henry in unsere Klasse. Er hatte bis dahin in New York gelebt, aber er war kein richtiger Austauschschüler, weil seine Eltern Deutsche waren und jetzt in Berlin arbeiteten. Er konnte von zu Hause aus ziemlich gut Deutsch. Aber nicht gut genug. Er machte viele Fehler und kannte einige Wörter nicht. Da er sich neben mich gesetzt hatte, musste ich ihm ziemlich viel helfen.

Als er mich fragte, ob ich ihn zu Hause besuchen würde, um ihm mit Geschichte zu helfen, sagte ich sofort Ja. Im Gegenzug bot er mir Hilfe in Englisch an. Ich mochte ihn, weil er mich an irgendeinen Schauspieler erinnerte und weil er mir die ganze Zeit »You are so smart!« sagte.

Er küsste mich genau dann, als wir mit Geschichte fertig waren und mit Englisch noch nicht angefangen hatten. Ich sah es kommen, ich hatte sogar rechtzeitig die Augen geschlossen. Aber auf das, was dann passierte, war ich nicht vorbereitet.

Nachdem Henrys Lippen meine berührt hatten, erstarrte er, dann riss er seinen Kopf abrupt zurück. Ich öffnete die Augen. Seine Nasenflügel bebten.

»Hast du Erdnüsse gegessen?«, röchelte er.

»Äh, wieso?« In der Tat hatte ich auf dem Weg hierher ein Tütchen aus dem Automaten geholt und innerhalb von fünf Minuten geleert.

»Ich bin allergisch.« Henry begann, rot anzulaufen. »Hol meine Mutter.«

Ich rannte schreiend die Treppe runter.

Vierzig Minuten später saß ich neben Henrys Mutter in der Notaufnahme. Henry war irgendwo da drin, und ein Arzt und eine Krankenschwester kümmerten sich um ihn, indem sie ein Loch in seine Vene stachen und ihm einen Tropf anhängten. Ich schluchzte und Henrys Mutter hielt gerührt meine Hand. »Er wird nicht sterben, falls du das fürchtest«, sagte sie. »Dazu muss er eine Erdnuss schon richtig gegessen haben. Es ist eine reine Vorsichtsmaßnahme. Wir sind alle etwas übervorsichtig und er war irgendwie auch besonders aufgeregt. Dich trifft auf jeden Fall keine Schuld. Beruhig dich doch bitte!«

»Ich kann nicht!«, schluchzte ich. »Muss ich immer an allem schuld sein?«

»Hast du schon einmal jemanden verloren?« Sie sah mich aufmerksam an.

Ich schüttelte den Kopf. Dann zuckte ich mit den Schultern. Nein, ich hatte niemanden verloren. Außer Petrowna, mehrmals, aber die hatte ich bislang jedes Mal wiedergefunden. Trotzdem hatte ich das Gefühl gehabt, im ganzen letzten Jahr eine Zeitbombe gewesen zu sein. Und jetzt das. Ein Junge war in Gefahr gewesen, weil ich mich zu spät in ihn verliebte. Ein anderer lag nun in der Notaufnahme, weil er mich geküsst hatte.

»Was stimmt nicht mit mir?«, nuschelte ich und nahm das Papiertaschentuch, das mir Henrys Mutter reichte. Mein Gesicht musste total fleckig sein.

»In einer Stunde nehmen wir ihn wieder mit«, sagte sie. »Nächstes Mal weißt du Bescheid. Erdnüsse erst nach dem Knutschen, okay? Guck, da drüben ist ein Getränkeautomat. Soll ich dir eine Cola mitbringen?«

Ich starrte sie an. Von welchem nächsten Mal sprach sie? Dachte sie, dass ich ihren Sohn je wieder küssen würde? Wahrscheinlich brauchte ich eine Therapie, bis ich überhaupt daran denken könnte, jemandem näherzutreten.

In diesem Moment vibrierte mein iPhone. Ich holte es raus. Auf dem Bildschirm leuchtete ein kleines, zerknautschtes Gesicht auf. Darunter stand: »Baby Enna freut sich, ihre große Schwester kennenzulernen.« Ich wischte mir die Tränen weg und vergrößerte das Foto.

»Ist Enna ein Jungen- oder ein Mädchenname?«, fragte ich Henrys Mutter.

Sie guckte mir über die Schulter und stieß einen entzückten Schrei aus. »Hast du eine kleine Schwester? Wie wunderschön! Herzlichen Glückwunsch.«

»Vielen Dank.« Ich leitete das Foto und die Nachricht an Petrowna weiter, lehnte mich zurück und schloss die Augen.

In Leahs Buch war von einem Bruder die Rede gewesen. Aber egal. Schriftsteller waren eben schlampig, ihnen ging es nur um das Wesentliche.